KOREAN 17

독도의 꿈

慎協 第7詩集

새미

이 도서의 국립중앙도서관 출판시도서목록(CIP)은 서지정보
유통지원시스템 홈페이지(http://seoji.nl.go.kr)와 국가자료공동목
록시스템(http://www.nl.go.kr/kolisnet)에서 이용하실 수 있습니다.
(CIP제어번호: CIP2013016000)

自序

　시집을 낼 때마다 목월 선생님 생각을 한다. 대략 5년 마다 시집을 상재하셨던 선생님. 그러면서도 서두르지 않으셨던 장인정신을 본받고 싶다. 그런데 나는 제6시집 『단순한 강물』을 상재한 다음 십년이 흘러갔다. 서두르지 말자던 세월, 십년이 덧없이 지났다. 우주의 시간에서 보면 찰나에 불과한 시간이지만 나의 게으름 또한 부끄러울 뿐이다. 어제보다 발전한 모습이 아닌데 하는 자괴감을 감출 수 없다.

　시집 끝에 나의 시론을 첨부하기 때문에 시 해설을 붙일까 하다가 줄이기로 했음을 밝힌다.

　오에 겐자부로의 문학을 「구원의 문학」이라고 말한다. 문학이 진정 인간을 구원할 수 있을까? 나의 시는 나를 구원할 수 있을까? 시를 쓰는 행위는 시인 자신을 위한 행위인가 독자를 위한 행위인가? 아니면 모두를 위해서인가?

　후자이기를 바라면서 제7시집 『독도의 꿈』을 상재한다.

꿈을 잃은 사람은 미래가 어둡다. 나의 시는 나의 꿈이다. 독도의 꿈은 나의 꿈이자 우리 모두의 꿈이다. 대한의 아들 딸들이여, 꿈을 잃지 말지어다. 독도의 꿈은 영원하리라.

경제적으로 어려운 시기임에도 불구하고 정찬용 원장께서 시집을 내주시겠다고 흔쾌히 허락하셨기에 10여 년 만에 드디어 햇볕을 보게 된 것입니다. 원장님께 감사드리며 편집부 여러분과 교정을 맡아 준 이가람 씨에게도 고마운 마음을 전합니다.

2013년 6월 1일
石溪寓居에서

慎協 씀

이 시집의 판매수익은 저자가 오로지
<독도 지킴이>로 활약하는데 쓰일 것입니다.

2013년 가을에, <독도 지킴이> 신용협 올림

차례

제2부 신두리 해변의 수난

제3부 연어의 삶처럼

제4부 마추픽추 통신

제5부 영역시金俊會 譯 外

제1부

석곡리의 돌

신춘에는 소박한 꿈이 있다

신춘에는 소박한 꿈을 실어
하늘 높이 연鳶을 날리자
아픈 몸, 설운 감정, 모두 연鳶에 실어
하늘 높이 멀리 멀리 날려 버리자

신춘에는 나도 한번
진달래꽃 활짝 핀 지리산 바래봉이나
가까이 동학사 가로수 벚꽃길이라도
한가롭게 걸으며 즐거움을 만끽하고 싶다

지난 겨우내 추위에 웅크렸던 가슴 펴고
꽃밭을 가꾸고 텃밭에 씨앗 뿌리며
가족 모두 건강하고 화목하게 살아
나의 복을 이웃집에도 나누어 주고 싶다

신춘에는 우리나라 깃발을 꽂고
오대양 육대주로 달려가고 싶다
우리를 부르는 나라로 달려가
그들에게도 새 희망을 나누어 주고 싶다.

설날 아침에

설날은 흩어졌던 가족이 모이던 날
색동옷 입고 세배 드리고 세뱃돈 받던 날
까치가 유난히 짖어대고
멍멍이도 꼬리치고

차례 상에서 조상님께 절하고
성묘 가던 날
하늘을 우러러
한 해의 축복을 위해 연을 날리고

이웃집과 화목하게 인사하면서
보름날이면 쥐불놀이, 거북놀이
아낙은 길쌈놀이
남정네는 윷놀이

21세기의 설날은 얼어붙은 강
배달겨레의 풍속은 태풍에 찢긴 돛
세찬 바람에 지붕은 날아가고
난타하는 종소리에 조상은 문간에서 떨고 있네.

일어서라, 다시 일어서라.
조상님 다시 모셔놓고
깨진 거울 다시 맞추어
네 얼굴 다시 보아라.

꿈

네게 꿈이 있느냐 물으면
나는 말하리라
독도로 달려가
거센 파도와 외롭게 싸우는
독도를 배우고 돌아오는 게 나의 꿈이라고

나에게 꿈이 있느냐 물으면
나는 또 대답하리라
일엽편주에 몸을 싣고 망망대해에 떠서
상어와 싸우는 노인을 찾아
인생이 무어냐고 묻는 게 꿈이라고

잠자리 들기 전에 다시 꿈이 무어냐고 물으면
나는 또다시 대답하리라
백경과 싸우는 에이합 선장처럼

독도를 빼앗으려는 무리들과 싸우러
독도로 달려가는 게 꿈이라고

죽기 전날에 너의 꿈이 무엇이냐고 물어오면
나는 나는 대답하리라
어머니와 멀리 떨어져 홀로 파도와 싸우는
독도 곁에서
너를 지켜주는 게 나의 마지막 남은 꿈이라고

독도

동해바다에
점 하나
독불장군 태어났네.

동해바다에
점 하나
조선의 얼을 받았네.

동해바다에
점 하나
코리아의 피가 흐르네.

동해바다에
점 하나

태극전사로 조국을 지키네.

2007. 6. 27.

독도獨島의 꿈

국토의 막내 독도여
너의 가슴에 오래도록 고이 간직한
선혈로 물든
태극기 높이 치켜 올려라
이끼 낀 바위에 새겨진 韓國領
독도는 의연하여라.
한반도의 동쪽 끝
지금은 천연기념물 336호
어민들에겐 일본이 넘볼 때마다
힘이 더 솟았다

동도와 서도 의좋은 형제
형제 섬 독도여
신라시대엔 우산도로 불리었고
조선시대 숙종 땐

안용복安龍福이 일본 어선을 쫓아냈고
종전 후엔 한국영토로 국제공인을 받은 섬
너는 어머니 젖을 물고 자랐고
파도가 높을 때마다 에미는 잠을 설쳤단다.
동해의 거센 파도에도 울지 않고 꿋꿋이 너는 자라왔다

독도를 함부로 넘보지 말라
그 많은 세월
때로는 중국 어선이 넘보고
때로는 일본 어선이 넘보고
아예 왜구 너를 괴롭혔으리니
그러나 너는 언제나 대한의 남아

굳센 팔과 다리로 버티고 서서
충혼과 절의 네 혼과 넋은

광개토대왕의 웅지요
을지문덕의 용맹이요
이순신의 지략일지니
안중근 윤봉길 유관순이 다시 일어나고
마침내 최익현의 충혼으로 지켜 나가리라

독도여 네 살 속엔
신라인의 피가 흐르고
고려인의 혼이 깃들고
조선인의 충혼이 너를 지킨다.
독도여 네 뼈 속엔
백의민족의 골수가 흐른다.
사계절 철새들이 날아오거든
괭이갈매기 네 품안에 안아주어라

독도의 꿈은 찬란하다
조선은 아침의 나라
영원한 코리아여
독도는 한국에서 가장 일찍 해 뜨는 곳
너는 아침의 전령사
아침의 나라 조선은 너로 하여
이른 새벽 잠 깨어나
아시아의 등촉이 되었다
장하도다. 독도여
너의 꿈은 영원하리라.

2005. 3. 1.

우리 국토는 하나다

백두에서 한라까지
우리 국토는 하나다

고구려도 백제도 신라도
통일신라로 하여
하나로 되었고

후고구려도 후백제도 신라도
고려 하나로 통일되었듯이
남한도 북한도
우리는 모두 배달겨레
단군의 자손

평양의 대동강도 서울의 한강도
개성의 선죽교도 경주의 석굴암도

한강의 기적이 우리 앞에 다가와
백두산 천지와 한라산의 백록담이
같은 하늘 아래 펼쳐지고
막혔던 오십년의 철조망이 뚫리고
끊어진 다리 끊어진 철교가
하나로 다시 이어진다면
아, 그날이 다시 온다면

우리는 하나, 우리 국토는 하나다
용광로의 쇳물도 녹아내리고
뜨거운 가슴도 봇물로 터졌네

백두에서 한라까지
우리 국토는 하나다

2000. 9. 12.

뿌리 찾기

불휘 기픈 남간
바람에 아니 뮐새
곶둏고 여름 하나니

새미 기픈 물은
가마래 아니 그칠새
내히 이러 바라래 가나니*

이가 아파 치과병원엘 가서 어금니를 뽑았다
어금니에도 이렇게 깊은 뿌리가 숨어 있었던가!

동북공정으로 빼앗긴 우리의 뿌리를
되찾아 와야 겠다. 간도로, 만주로, 요하로.

---

* 권제, 정인지, 안지, 『龍飛御天歌』.

아골타는 신라의 후예였다.
개개비 둥지에 알을 낳는 뻐꾸기

나랏 말싸미 듕꿕에 달아**
훈민정음이 내것이듯, 내 뿌리를 되찾아 와야 겠다.

어머니의어머니의어머니의어머니의 나라여!
사기꾼 뻐꾸기를 몰아내고 개개비 둥지 안에
배달겨레의 얼을 되살려 세계에 꽃피워야겠다.

** 世宗大王, 『訓民正音序文』.

황소의 뿔

황소의 뿔은 비에 젖었다
대지를 갈아엎고
밭두둑을 디디고 선 황소의 등에
지금 가랑비가 뿌리고 있다

만주 벌판을 향해
황소는 제 새끼를 찾으려고
목을 길게 빼고 서서
크게 울부짖고 있다

황소는 논 가운데서 맥없이 쓰러졌다
「사라」호의 태풍에도
버티고 서 있던 황소가
이번 「루사」호 태풍에는
안간힘을 썼으나 쓰러지고 말았다

고구려적 황소가 다시금 일어섰다
끊어진 철교를 이어주고
끊어진 육교도 이어주어
마침내 황소는 교각처럼 네다리로 일어섰다

황소의 뿔은 배달민족이다
새벽부터 저녁까지
끊어진 철교를 놓고
황소는 시베리아를 향해
고구려 땅을 밟고 달려간다

남산골 한옥마을

발걸음이 자꾸만 남산골 한옥마을로 향한다.
누가 끄는 걸까, 아니면 내가 늙은 탓일까.
대한민국, 아니 일제강점기, 아니 구한말
저 컴컴한 어둠의 시대 딸깍발이 양반네들
단발령에, 내 목을 쳐도 내 머리는 못 깎는다고 외치던
선비들이 사시던 한옥마을!

지금 우리 동네는 아파트촌
어린이는 햄버거에 피자를 먹고
젊은이는 독한 소주에 밤 늦도록 취하고 나서
디스코택을 돌며 록 음악을 듣고
새벽 한시엔 광란의 춤에 빠져드는데

질주하는 오토바이 소리 요란하고
도시는 온통 매연으로 가득차고

초고층 빌딩 숲으로 숨이 막히는데
누가 나를 끄는 걸까, 저 한옥마을로
남산골샌님들이 사셨다는 저 한옥마을로!

우리가 이 시대에 살면서도
다시금 한옥마을을 그리워하는 까닭은
요란한 오토바이 소리 때문이 아니라
숨이 막히는 매연 때문이 아니라
초고층 빌딩숲에 압살될까 염려되기 때문이 아니라
이 시대의 남산골샌님이 다시 그립기 때문이다.

2007. 10. 25.

한국인(백제인)의 미소

한국인(백제인)의 미소가
남극과 북극의 빙하를 녹인다.

서산마애삼존불상
백제인의 미소
보원사 절터

일찍이 문화를 누려온 백제인들
불교의 자비로운 미소로 살아왔고
일본에까지 불교를 전해 아스까(飛鳥) 시대를 연
위대한 민족

인도의 스님 마라난타가 불교를 전해와
노리사치계는 성왕때 일본에 불교를 전수하였고
백제에서는 불교예술을 꽃피웠네.

아, 코리아여. 그대들의 조상은
대덕大德의 문화 민족
마애불의 자비로운 미소여.

용龍꿈

동양화 속에서 용이 꿈틀거린다
화룡점정畵龍點睛이라더니
아직도 눈을 못 얻어 날지 못하는가
천년의 세월 뒤에 눈을 얻으니
하늘로 나는 용 한 마리

조선시대 백자에 새겨진 쌍용
꿈틀거릴 때마다 살아나는 듯
백자 항아리를 못 떠나고 있다
하늘에서 무수한 별들이 쏟아질 때
홀연 승천하는 용 두 마리

조선왕조의 어깨 위에
권좌의 용 두 마리
조복의 신하 머리 조아리는 앞에서

억조창생을 위해 여의주 입에 물고
만 백성의 자비로운 어버이 같은 쌍용의 모습이여

수중 깊은 용궁의 꿈
천년을 살아온 거북은 용꿈을 먹고 산다
수복강녕壽福康寧 부귀다남富貴多男
용꿈은 바닷물처럼 투명하고
아침 태양처럼 찬란하다

2003. 10. 30.

웅녀熊女

환웅님이 웅녀를 맞아
맞절을 하고 신방을 꾸몄다
단군왕검을 생산하셨으니
태백산 신단수 아래에서
풍백 우사 운사와 삼천의 무리를 거느리고
삽백 육십 여사餘事를 베푸셨다
구름이 모여 들어
이내 강물이 흐르고
풍년을 누리셨다

백의민족 드높은 기상으로
조선을 개국하셨으니
국부와 국모 고조선을 세우고
나라가 번창하더니
박혁거세 동명성왕 온조왕의

삼국이 솥발처럼 일어섰고
통일 신라가 문화를 꽃피우더니
고려 오백년으로 이어 왔네

때로는 몽고, 거란이 쳐들어오고
때로는 수, 당이 쳐들어오고
때로는 왜구 강토를 짓밟더니
을지문덕은 살수대첩
연개소문은 안시성대첩
이순신은 한산도대첩
이 나라를 지켜온 명장들이여
이 땅을 지켜온 지신들이여
자자손손 대대로 번창하여라.

유성온천족탕에서

우리셋은족탕안에발을담그고
20년후의이야기를나누었다
지금부터매년감나무를심어
5년후부터는감을수확하다가
20년후에는기부채납형식으로
땅과함께감나무를땅주인에게돌려주겠다는데
땅주인은고개를끄덕였고
옆에서듣고만있던나는
그냥듣고만있었던죄값으로
증인이된셈이었다
20년후의나이를헤아려보니
땅주인은90세가훌쩍넘고
감농사짓겠다는이는팔십칠세
졸지에증인이된나또한90세가된다
아뿔사!누가이나이에수명을보장하랴

감나무를지금심어가꾸려는뜻은
수확을위한것이아니라살아간다는행위일뿐
지금이나이에감나무를심는뜻은
후세를위하여남기려는행위일뿐

이팝나무 거리, 유성에서

계절의 백미, 5월에
꽃비를 맞아 보았는가.
이팝나무의 거리, 유성에 오면
저절로 시인이 되어
어깨 위에
꽃비가 오고
만나는 사람마다
인사를 나눈다네.

계절의 백미, 5월에
이팝나무의 거리, 유성에 오면
거기 키 작고 마음씨 고운
향토시인이 있어
함께 막걸리 마시며
보들레르와 김소월과

두보와 그리고 내 인생을 논하고 싶네.

이팝나무 꽃가루로
눈 덮힌 겨울이 오면
쓸쓸한 대로 쓸지 않고
허무한 한해를 끌어안으리.
세월은 만상을 변화시키는 약이니
만물은 시간 앞에 무릎 꿇고
모여서는 흩어지고
흩어지면 다시 모여
윤회의 수레바퀴
끊어질 날이 없네.

해마다 5월이 오면
유성에선 이팝나무 거리에서

이팝 꽃 축제가 열리고
백년이 가고
다시 백년이 오면
사람들은 말하리라.
바로 이 거리에서
이팝나무 꽃비를 맞으며
이팝 꽃을 노래한 시인이 있었노라고.

고향에 살으리

할아버지 손잡고 원두막에 가서 참외 따먹던 일
큰아버지가 말을 태워주시던 기억
언덕 위의 초가집 행복의 저쪽
나의 눈과 귀는 석곡리石谷里 안마을
고향으로 쏠리어 있다.

고향은
행복의 무지개
무지개 쫓던 곳.
어린 시절의 고향은 부모님의 사랑과
꿈이 자라던 곳

뒷산에는 국사봉國師峰 옛날 봉화 올렸다는 산
앞에는 시냇물, 미호천 상류, 미역 감고 피라미 잡던 곳
어린 시절로 어린 시절로 돌아가고 싶다.

어머니의 사랑과
할아버지의 회초리를 맞으며
동무들과 함께 천자문 외던 서당 사랑방
누런 송아지는 살찌고 염소는 들판에서 풀뜯고
미꾸라지, 가재, 새뱅이 어망에 가득하던
어린 시절의 들판으로, 냇가로 가고 싶다.

비석

산에서 돌을 캐내어
다듬고 다듬어 세워놓으니
훌륭한 비석이 되었다

이름을 만고에 떨치고 싶어
정으로 돌을 다듬어 이름을 새기고
아프게 쪼니 번쩍 부싯돌이 튄다

돌은 아프다 못해
피를 흘리며 애원한다
나를 다시 고향으로 돌려다오

정원 뜰 흙 속에 넘어진 비석
내 한 몸도 살아가기 힘든데
왜 남의 이름까지 짊어지고 살아야 하나

석공이여 돌에 이름을 새기지 말고
나를 땅속에 다시 묻어 잠들게 하라
돌이 살아서 울면 도시는 무덤이 된다

석곡리의 돌

　석곡리(일명 돌고지)에 들어서면 마을 어귀에 바위만한 돌 한 개가 서 있다. 동네 사람들이 지은 이름은 욕심 없는 돌이란다. 정말 저 돌은 욕심이 없는 돌일까? 저 돌을 갈면 가는 사람도 욕심이 사라질 거라는 이야기가 동네 사람들 사이에 퍼져 나갔다. 그러자 동네 사람들은 밤이면 남몰래 나타나 주먹만한 돌을 가지고 바위를 갈기 시작했다. 바위를 갈던 사람들은 하나 둘 마을을 떠나갔다. 마을을 떠난 사람들은 지금쯤 욕심이 없는 사람이 되었을까? 누구의 말에 저 바위는 무욕의 돌이니 그 돌에 이름자가 새겨진 사람은 욕심 없는 사람이 된다고 하자, 마을 사람들은 하나 둘 자기 이름자를 그 돌에 새겨 넣기 시작했다. 몇 년 뒤에 가보니 돌에는 모두 동네 사람의 이름자로 빼곡했다. 지나가던 길손 걸인이 말했다. 이 마을에는 성자聖者가 태어날 마을인데 그는 바위에 이름을 새기지 않은 사람이라는 말을 남기고 떠난 뒤 이 마을 사람들은 돌에 새긴 이름을 지우기 시작했다. 어느 날 보니 이 돌에는 이름자가 모두 없어졌다. 이름자가 없어진 돌은 글자 그대로 무념무상 침묵으로 들어간 걸까? 마을을 떠난 사람 중에는 성자가 있다는 소문이 떠돌았다. 이 마을에서 성자가 나온다는 전설이 사실일까? 마을 사람들은 이제는 전설을 잊고 옛날처럼 밭갈이 농부로 살면서 마을 어귀의 바위를 <생각을 버린 돌> 즉 <무념무상의 돌>이라 부르기로 했다.

허물벗기

백년 묵은 구렁이 굴 밖으로 나와 허물을 벗더니 용이 되어 승천했다는 이야기. 허물 벗은 놈이 어디 구렁이 뿐이더냐! 매미도 굼벵이 시절을 버리고 어른스레 되려면 허물부터 벗어던져야 하고, 잠자리도 비상을 하려면 허물을 벗어야 하거늘, 만물의 영장이라는 사람 또한 어찌 다르랴! 개구리 올챙이 적 모르고 날뛰는 양반 보게나. 사람이 사람다워야 사람이지 허물도 못 벗은 사람도 사람이냐!

대청호大淸湖를 바라보며 (1)

맑은 가을 하늘이
대청호 물 위에 내려 앉는다

문의마을 뒷산이
호반에 거꾸로 잠겨 있다

기러기 가족 한 떼가
나란히 날아가는 하늘 가

감시선인 듯 배 한 척이
꿈같이 호수를 가르고 지나간다

호면 위로 바람 한 점 고요히 일고
물 속엔 물고기가 한가로이 노닐고 있다

수심만큼 깊은 가을 하늘
물 속에 잠긴 구름 한 조각

2001. 6. 4.

대청호를 바라보며 (2)

내가 몇 년 전에 가보았던
바이칼호만큼 넓지는 못하지만
다시 가보고 싶은 곳
그곳 언덕 소나무밭에 오두막집 짓고
대청호를 바라보면서
도연명의 귀거래사를 읊고 싶다.

내가 수년 전에 가보았던
레이크 루이스만큼 찬란한 비취빛은 아니지만
다시 가보고 싶은 곳
호숫가에 밭을 일구어 콩을 심고
대청호를 바라보면서
황순원의 소나기를 소리 내어 읽고 싶다.

어린 시절 멍석에 누워 바라보았던

하늘의 별만큼 총총히 아름답지는 못하지만
다시 가보고 싶은 곳
대밭에 봉황이라도 깃드는 날이면
대청호를 바라보면서
알퐁스 도오떼의 별을 낭독하고 싶다.

전동역全東驛의 추억

섣달그믐 오후 세시
급행열차가 뒤도 돌아볼 사이 없이 지나고
나는 눈 덮힌 플랫 홈에서
사랑하는 여인을 기다리고 서 있다.

50년이 지난 지금도
그때처럼 그 자리에 서 있는 텅 빈 역사驛舍
전봇대는 반세기 동안 그 자리를 지키고 서서
애인이 돌아오기만을 기다린다.

간이역 전동의 늙은 역장은
눈물도 마른 채 와사등을 켜들고
급행열차가 지날 때마다 손을 흔들며
아련히 세기말을 보내고 있다.

아, 누가 인생은 간이역이라고 말했던가.
이 쓸쓸한 빈 터에
들국화 한 송이 피어있는 것은
눈밭에 살포시 내려온 천사가 아니려뇨?

세종시의 노래

춘삼월 봄이 오면
강남 갔던 제비 부부가 찾아와
처마 밑에 집을 짓고
알을 까 새끼 키우던 내 고향, 연기군

경부선 기차를 타면
소정리, 전의, 전동, 조치원
그리고 내판 부강 매포 신탄진을 지나 대전으로
칙칙폭폭, 칙칙폭폭, 기차 길 옆 오막살이

어제는 근대화 바람으로
공장 굴뚝이 하나 둘 들어서더니
오늘은 아예 행정중심 복합도시로
대한민국의 중심에 우뚝 섰다.

장하다. 대한민국 균형발전의 상징 도시
연기군의 서면, 동면, 남면, 금남면,
그리고 공주군의 장기면, 충북 청원군의 일부까지
금강물 다시 흐르고 백제의 옛 꿈 되살아나리.

한국의 심장, 미래의 도시, 아니 꿈의 도시
이중 환상형 구조에 장남평야를 오픈스페이스로
그 이름 행복도시 세종, 세종, 세종
종소리 울려 퍼져 지구를 돌아 세계로 뻗어가리.

2012. 7. 1.

한밭수목원의 분수

수목원 가운데 인공호수가 있고
호수 가에는 팔각정도 있고
구름다리도 있고
화산처럼 내뿜는 분수대도 있다.

수목원엔 머루랑 다래랑 참외 수박이 있고
옥잠화 노루오줌 곰취 비비추 야생화도 있고
캐나다 매발톱이며 각종의 장미동산도 있다

광화문의 분수대처럼 시원스레 내뿜는 분수
그러나 분수를 바라보고 있노라면 엉뚱하게도 나는
류관순을 생각한다. 가슴 끓어오르는 불기둥, 저 함성

6·25의 폐허 위에 만든 동산
밴쿠버 동계올림픽의 기적처럼 뿜어대는 분수

우리 소나무는 우리의 낙원
자원봉사로 가꾸는 우리의 고장 한밭수목원.

불타는 강

독에 가득 찬 물은
독을 넘치고 싶어서
몸부림치고 있지 않은가?

가슴 높이까지 차 오른 물은
어느 순간
숨을 몰아쉬며
하늘 끝자락을 만지고 있다.

보라.
끝없는 하늘을
허공을 나는 새여

불타는 강은
네 몸 속에 있다.

중생이여
불타는 강은
네 마음속에 있다.

연鳶 (2)

소년은 하늘을 향해
연줄을 풀고 있었다.

"여기, 소년은 누군가요?"
"희랍 신화에 나오는 베짜는 운명의 여신
클로우토우를 상상할 수도 있지요."

바람을 조심스레 타면서
연은 차츰 높이 올라
세상을 너그럽게 내려다보았다.

연은 체중을 가늠하면서
목숨을 한 가닥 실 끝에 매달았다.

순간 연은 한 바퀴 빙 돌다가

현기를 쫓듯
처절하게 몸을 흔들었다.

"이때의 연은 시인 자신 같은데요?"
"잘 보셨어요. 제가 연이 되었네요."

실이 끝나는 지점에서
우주는 빈 손을 흔들어 보이고

실이 끊어지면서
연은
뿌리 깊은 소리 쪽으로 싸라졌다.

2008. 10. 18. 개작

달나라 여행 (2)

여기는 우주로 가는 중간 지점
시간은 낮 12시에서 멈추었고
몸무게가 스르르 빠져 나가면서
우리는 지구에서 싣고 온 말씀을 잃어버렸습니다.

"여보, 그건 언제 얘기유?"
"벌써 40년 전 얘기지. 그러니까 서기 1969년 7월 21일
일이야."

벗이여,
잠시 바쁜 일손을 멈추고
기도를 드립니다.

"그건 또 누구의 말이어유?"
"암스트롱의 말이지."

벗이여,
슬픔을 거두소서.
창 밖에는 황홀한 지구가 보입니다.

"그건 또 누가 한 말이유?"
"올드린의 말이야."

벗이여,
싸움을 그치고
우주 저편에서 들려오는 소리에 귀를 기울입시다.

"누가 싸우는데?"
"미·쏘 냉전을 그치라고 콜린즈가 한 말이야."

여기는 등대도 빛도 무게도 없어

빈손엔 다만 빈손이 닿을 뿐.

돌아오는 길목에서, 나는
빈손에 어둠 한 상자만을 기지고와서는
대지에 씨앗을 뿌리겠습니다.
대지에 씨앗을 뿌릴 것입니다.

2008. 9. 21. 개작

껍데기여 가라

- 신동엽이 살아있다면

껍데기여 가라
오월도 알맹이만 남고
껍데기여 가라

껍데기여 가라
박종철 이한열의 애국혼만 살고
껍데기여 가라

그리하여 다시
껍데기여 가라
밤의 터널 속에서 서성거리며
새벽이 올 때를 기다렸던 그대들
알맹이인 척하며 부끄럼도 모른 채
거울 앞에 선 허수아비들

껍데기여 가라
두만에서 낙동까지
맑은 물만 흐르고
흙탕물은 가라
쓰레기는 가라

할미꽃 필 때

봄에 피는 진달래
진달래 동산
붉은 꽃잎 지는 때
뻐꾸기 울고,

어린 동생 무덤가
할미꽃 필 때
세월에 바랜 설움
비가 내리네.

오늘도 하늘은
높푸르른데
이승에서 저승까진
멀기도 하지.

고향 길은 무겁고
답답하여라.
불러도 불러봐도
말이 없구나.

목마름으로 부르는 노래

먼 하늘가 기러기 떼
사연 올올이 모시적삼
물레 잣는 세월 결
견우성은 서성이는데
이승 길
훌쩍 떠난 후
노을빛을 아실까

둥둥둥 가야금 소리
달빛도 고요한데
소나무 가지 위에
학의 춤 긴 울음
때 아닌
우박 때리듯
쏟아지는 종소리

찬 바람 섣달 그믐
목마름으로 부르는 하늘
이불깃 부여잡고
괘종 시계 올려다보니
삼월은
눈길에 묻혀
가물가물 오륙도

제2부

신두리 해변의 수난

태안 앞바다를 보고

미안하다 바다야, 어쩌면 좋으냐.
밀려오는 타르가 해안가 모래언덕
자갈밭 구석구석 남김없이 덮었으니
어부는 뱃머리에서 실신하고
어부의 아내 그 옆에 쓰러졌네.

갈매기 타르를 까맣게 뒤집어 쓴 채
죽음을 울부짖고
기러기 멀리 달아나
돌아오지 않네.

전국 곳곳에서 모여온 자원봉사자들
내 일처럼 방제작업 도와주어
제 모습 제 얼굴 다시 찾아 다행이네.
물고기도 조개들도 미역도 제 모습 찾아야지.

바다는 진주의 보고
해조류 사는 곳에
인간도 산다.
물고기 뛰노는 곳에
인간도 산다.

바다는 영원한 삶의 터전
바다는 영원한 고향
바다는 나의 하늘문

꽃게의 죽음

죽음의 사자 앞에
두 집게손의 반항
거기 분노와 절망이 있었다

아우슈비츠의 절망과 분노
꽃게는 펄펄 끓는 물 속에
힘없이 떠밀려 들어갔다

꽃게탕을 위하여
집게손의 아우성도 보람없이
게는 껍질부터 붉게 익었다.

원폭의 그림자 앞에서는
인간도 꽃게처럼

절망과 분노의 집게손이 된다.

2002. 10. 31.

금호강

낙동강 상류 금호강
벤젠 톨루엔 수질오염
시꺼먼 강줄기
강물이 죽어가고 있다.

페놀에 놀라고
벤젠에 썩어
이제는 병들고 썩은 강
금수강산이 죽어가고 있다.

마음이 병들지 않으면
연못 속에서도 연꽃은 핀다.
그 얼굴 가득한 미소
삶도 죽음도 미소 안에 있다.

마음의 병이 나으면
강물은 다시 맑아지고
금수강산 되살아나리.
금수강산 꽃을 피우리라.

기우제

모심은 논바닥이
거북의 등처럼 갈라질 때
사막에서 오아시스를 굴착하는 마음으로
기우제를 올리건만
메마른 가슴에 입술만 탄다

구십 년만의 가뭄이라던가
농촌은 지금 물 전쟁 중이다
횃불을 들고 밤을 밝히며 퍼붓는다
타는 논밭에는 한 방울 물이 아쉽다

전국 곳곳 어디서나
내 논 내 농사 아니라도
온 국민이 너 나 할 것 없이
뜨거운 동포애로 강물을 퍼나른다

개미떼 행렬 장사 치르는 행렬처럼

가슴에 쏟아 붓는 불
이글거리는 태양처럼
이글이글 타오르는 통일의 염원이여
이산가족의 아픔이여

2001. 6. 15.

전쟁 (1)

침략자는
침략의 변

공격자는
공격의 변

가해자는
가해의 변

변, 변, 변, 변
뒷간의 대변

전쟁 (2)

힘은 어디서 나오는가?
돈에서 나오는 것도 아니고
권력에서 나오는 것도 아니고
무기에서 나오는 것은 더더구나 아니다

틱낫한 스님이 말하는 힘은
마음과 평화에서 나온다는 것

서울 시청 앞 광장엔
비둘기 떼가 모여들어
반전구호를 외쳤다

전쟁은 인류의 죄악이라면서
대화 없이 스커드 미사일을 날려
화약 냄새와 포연에 휩싸인 이라크

틱낫한 스님이 치는 평화의 종소리
시청 앞 광장을 돌아
하늘까지 울려 퍼지거라
지구를 한바퀴 돌아
이라크까지 울려 퍼지거라

전쟁 (3)

까마귀 떼가 날아가다가
전깃줄에 걸려
땅바닥에 떨어졌다
집단 감전사.

'충격'과 '공포'라는
이 불행한 파멸행진곡
지구는 깜깜한 밤에만
포성이 울렸다. 융단폭격.

아침이 밝아오자
평화로운 마을처럼
장바닥에는
엄마의 손을 잡고 따라나온 아이들
아이들의 눈동자가 겁에 질렸다.

지하 벙커 깊은 곳엔
적의가 가득한 고양이의 눈빛
까마귀 떼가 집단 자살을 했다.

전쟁 (4)

조간 신문이
밤새 윤전기를 돌아
잉크 냄새에
화약 냄새까지 실려 배달되었다

사막의 폭양에
콩 볶듯 튀는 총탄 알
그 속에는
부녀자도 아이들도 노인도 있었다

쓰러져 개처럼 끌려가는
포로들의 행렬을 지켜 본
분노의 함성
평화를 기원하는 성자들과
전쟁을 반대하는 데모 군중들

지하드(성전)를 외치는 사람과
침략과 파괴를 독려하는 사람은
모두 똑같은 호전적 청맹과니
지옥에서 만난 전쟁의 원쑤여

목련꽃 소식

삼월은 잔인한 달
꽃소식도 없는데
전쟁의 불꽃놀이

동학사 절마당에 서 있는 목련
돌부처가 목련꽃 속으로 걸어 들어갔다
뒤따라 석탑도 꽃봉오리 속으로 들어갔고
석등마저 꽃속으로 들어가는 찰나
나에게 들키고 말았다

사월 어느 날 이른 아침
목련이 활짝 피어
벙글벙글 웃었다
보조개 샘물 같은 웃음
수줍은 처녀의 젖가슴 여며

웃음을 살며시 감추고

이라크 전쟁 소식에
꽃잎은 눈물지으며
땅바닥에 떨어져 뒹굴고
포탄에 맞아 부상당한 아이처럼
꽃잎은 참혹하게 짓밟혔다

철마는 달리고 싶다

끊어진 다리
반세기를 기다려 온 이산가족들
주름살 너머
아득한 세월
철마는 달리고 싶다

어제는 추석
그리운 형제들
부모님 제삿날도 모르는 불효
벌써 돌아가셨을 지금
한가위 달만이 외롭구나

흐르는 강물 위로
날아가는 기러기 떼
소식을 전해다오

간장이 찢어질 듯
고향 하늘이 그립구나

통일의 그날이 온다면
머리로 종을 울린 까치처럼
두개골이 깨지더라도
종각으로 달려가 종을 울리리라
자유와 평화, 통일의 그 날이 온다면

2004. 9. 29.

서해바다

대륙에서 흘러나온 폐수로
양쯔강이 썩고, 강물로
다시 바다가 시름시름 앓고 있다

소금의 바다
허옇게 죽은 물고기떼
부식된 부둣가 철골물

철창에 갇힌 반달곰이
근친상간으로
눈 먼 새끼를 낳았다

유리 조각을 밟고 지나가는 어둠
원폭의 바람이 동남쪽에서 불어 오더니
뇌 헤르니아의 기형아가 생겼다

서해西海는 사해死海로 변하고
에덴의 동쪽엔 태양이 없어졌다
지구는 오늘도 돌아가고 있는데…

2004. 10. 15.

밤나무 아래에서

지구의 사랑에 못견뎌
밤알이 뚜욱 떨어졌다

올려다 보는 이의 부끄러움
때가 되어 밤송이는
치마를 벗어놓고
몸을 풀었다

주렁주렁 매달린
열매의 계절
밤벌레는
밤알을 뚫고 세상 밖으로 나왔다

밤알을 탐내는
너와 나의 대결

아름다운 별들이 가득한
밤하늘은 축제 한마당

지구의 사랑에 끌려
밤알이 뚜욱 뚝 떨어졌다

낙엽의 그림자

나는 낙엽을 밟으며
돌담길을 걸었다

낙엽의 그림자는 물 위에 어리어
흙 속으로 갈앉을 날을
허전한 마음으로 기다리며
낙엽은 낙엽끼리 몸 부비고 산다

사랑은 쉬 가버리고
구비구비 물결치는 생의 언덕 너머
커다란 손으로 따스운 볼을 부비며
영원히 손짓하는 가로수여

꽉 잡았던 가지 끝을 놓는 순간
낙엽은 물 위로 떨어져

낙엽끼리 몸 부비며 흘러간다.

나는 돌담길을 돌아
낙엽을 밟으며 걸었다.

신두리 해변 사구

억만년 바다는 모래를 밀어내어
신두리 해변 사구를 만들고
여름이면 해당화 피고 지고

굴 껍질 조개껍질 미역냄새
물결 따라 해는 뜨고 지고
갈매기 날아와 저녁놀 쪼아먹고

하얀 모래 위 사람의 발자국 없었을 땐
원시의 모래바람 일어
그 언덕너머로 휙 날리더니

이기심 많은 사람이 땅을 산 뒤로
팬션을 짓고 해수욕장을 만드니
갈매기는 날아가고 해당화도 죽어버렸네

아! 신두리 모래 언덕 위에
해당화는 다시 필까 갈매기도 날아올까
저 원시의 모래성 깨끗하던 그 날을

신두리 해변의 수난

신화의 해변엔 신들이 살고 있었다
어느날 유조선 허베이스피리트호가 갑자기 나타나서
예인선 삼성 T-5라는 크레인선을 만나 구멍이 뚫리고
피를 토해내듯 시꺼먼 원유를 바다에 흘려
신화의 바다는 칠흙의 밤이 되었네
일만키로가 넘는 해변이 타르를 뒤집어쓰고
신음하고 있네
안면도, 변산반도, 신안 앞바다, 여수 앞바다까지.
부메랑이랑께 부메랑이랑께
어쩌다가 이렇게 되었나! 금수강산이
노여움 달래 씻김굿이나 해야지,
어이어이 어여러야 상사아 디야.

2008. 3. 6.

해변의 묘지

신두리 해변의 밤은 묘지
물결 뒤에 달빛 부서지고
여름 바람 옷소매 살랑거려
땀을 식혀주던 격정의 파도소리

낮에는 썰물 밤에는 밀물
사랑은 영원한 마음의 포로
해당화는 밧줄에 묶였어요

진주조개 주고받는 그 마음
조각달 일렁이는 그 물결 위에
멀리 띄워보내는 종이배
사랑은 감옥인가요

저 세상 끝까지 따라가리라

맹세코 잠든 별 하나
바닷가 은모래 위에 떨어졌어요

을숙도

갈대밭에 불지르고
강둑을 쌓아 물길을 막으면
물고기가 살지 못하고
고니, 왜가리, 기러기, 청둥오리…
철새들은 마침내 을숙도를 떠난다

폐수는 핏줄을 타고
십이지장을 돌아
하수구를 거쳐
낙동강으로 흐르다가
성큼 부엌으로 달려온다

철없는 아이들은
수도꼭지를 물고
젖을 빨 듯 목을 축인다

청산가리와 농약
페놀과 짐승들의 오물
DDT와 메타놀
사방에서 조여오는 죽음의 소리
매연에 시달리고
아토피성 피부염에
시름시름 죽어 가는 사람들

"물고기를 살려야 한다"
"강물을 살려야 한다"
"을숙도를 철새에게 돌려다오"
푸른 보리밭이 그립다

먹이사슬의 인연
자연과 인간의 만남

인연의 저 깊은 심연을
거슬러 올라가
샘물의 근원을 찾아야 한다
어제의 어제의 어제를

금강의 봄소식

얼었던 한강이 풀린다는 소식이다
금강도 저 아랫녘부터
봄소식이 아지랑이처럼 넘실거리고
장바구니 안에도 환한 미소 가득히 넘치렷다

9 · 11 테러를 벌써 잊었던가
동남아의 쓰나미를 잊었던가
지구촌 곳곳에서 일어나는 온난화의 재앙
가뭄과 홍수 폭설과 해빙의 불길한 징조를

태양은 얼어붙은 마음도 녹여준다
별밤처럼 눈뜨는 버들강아지
돌돌돌 개울물소리에 성큼 다가선 입춘
삽살개도 꼬리를 흔들며 대문을 나선다

21세기는 화해의 시대
해빙의 무드를 타고 오는 동서의 만남
남북의 이데올로기조차 빙하처럼 녹아내려
지구의 중심 계룡에서 만나리라

어제는 서해의 일몰로 잠재운 불덩이였는데
오늘은 새로이 트여오는 찬란한 여명
무수한 인과의 끈 역사는 수레바퀴처럼
동해의 수평선에 붉게 타오르는 태양이여

동반자여, 동행자여

무겁고 거칠고 둔탁한
어둠을 한 짐 져다가
산 밑에 부려놓고
올라선 태양이여
그대 어둠의 동반자여

어둠은 빛의 동반자이듯
죽음 또한 삶의 동반자
삶의 긴 끝자락까지
따라오다가 함께 쓰러진 주검이여

죽음의 동행자가 있을 때
삶은 위대하여라.
진주가 뻘 속에 묻혀있기 때문에 빛나듯
금강석도 흙 속에 있을 때 값이 나가듯

오 죽음이여, 거침없이 내게로 오라
양 팔을 벌려 그대를 맞이하노라.
온 세상이 태양을 맞이하듯이
죽음은 삶의 동반자,
영원한 동행자인 것을.

물처럼 살고 싶다

나는 언제부터인가
물처럼 살고 싶었다

돌 사이로 흐르는
돌돌돌 구르는 수정, 지금도
티없이 맑은 물처럼 살고 싶다

능안과 사기장골을 흘러내린 물은
석곡리石谷里 앞 시냇물로 흘러
미호천으로, 금강으로, 서해바다로

석계石溪라는 이름으로
나의 전부를 바칠 수 있는
저 순수의 하늘까지

도시를 떠나
마음의 고향으로 돌아온 나는
석간수石澗水로 흘러흘러 바다로 가리

물 (51)

− 생명

고래 있으라 하니
바다에 고래 있고
연어 있으라 하니
강에는 연어 있고
피라미 있으라 하니
내에 피라미 있고
가재 있으라 하니
개울에 가재 있네

맑은 물이 있어
목마르지 않고
살찐 가슴이 있어
상큼하게 헤엄치고
평화로운 수초가 있어
보금자리 보아 알을 슬는 물고기들

장마 지난 다음
나무들 쑥쑥 자라
산은 온통 숲으로 덮히고
목장의 풀도
비 온 끝에 푸른 초원을 이루고
소떼가 꼬리를 흔드는 오후

빗물은 도랑을 흘러
강으로 가고
강물 또한 흘러
바다에 이르네

바닷물 비구름 되어
지구를 적시고
빗물은 땅 속에 스며들어

생명의 씨앗을 싹틔우고
생명들 무럭무럭 자라
또 영원한 반복으로
지구를 푸르게 하리라.

물 (52)

– 홍수주의보

작년엔 강릉에
금년엔 인제에
해마다 홍수로
살림도, 집도, 사람도 잃었다

빗줄기 세차게 퍼부어
개울물은 강물로 범람하고
강둑도 무너져 마을을 휩쓸었다

빗물이 모여 개울을 이루고
개울물이 모여 강을 이루고
산도 무너뜨리고 도시도 휩쓸어 간다

물은 두 얼굴
태양처럼 웃는 얼굴이다가

먹구름처럼 난폭한 얼굴도 된다

물은 놓아버리면 선량하다가도
물을 묶어놓으면
사나운 짐승이 된다

물 (53)

– 수영장에서

나는 물에서 뜨고 싶은데
몸은 물밑으로 가라앉는다
그럴 때마다 몸에서 힘을 빼라고 한다

힘을 빼야지 하고는 힘을 주고
힘을 빼려고 할수록 힘은 더 들어간다

나는 오래 살고 싶으나
몸은 욕구를 들어주지 않는다
그럴 때마다 몸에서 욕구를 빼라고 한다

욕구를 빼야지 하면 욕구는 더하고
욕구를 빼려고 할수록 욕구는 더하게 된다

방법을 배우려 히말라야로 떠날까보다

욕심을 없애러 히말라야로 갈까보다

아니다. 아니다. 아니다.
물로 들어가서 물이 되어버리자
물이 되면 나는 아무것도 아니다
물이 되었을 그때 힘도 욕구도 물일테니까

바다에 누워 잠들고 싶다

바다가 침대라면
그냥 편안히 눕고 싶다
파도를 이불 삼아 덮고
하늘을 지붕 삼아 떠나고 싶다

바다가 침대라면
「시지프의 신화」를 읽으면서
한없는 고통을 짊어진 채
올림포스 산정을 향해 오르고 싶다

바다가 침대라면
마침내 다섯 번째 허물은 벗고
비상하는 배추 흰 나방처럼
푸른 배추밭을 날고 싶다

바다가 정말 침대가 되었을 때
나는 곡비哭婢의 울음소리를 들으며
파도의 교향곡을 들으며
눈을 감고 싶다

청계천의 역사는 살아있다

청계천은 살아있다.
가난했던 조선시대
광통교 빨래터에는
훈훈한 아낙네들의 인심
따스한 바람이 옷소매를 스쳤다.

청계천은 살아있다.
기구했던 일제시대
얼음짱 밑으로 흐르던 물은
그래도 눈물같이 진하고
수정같이 맑았다.

청계천은 살아있다.
포탄의 6 · 25전란시대
군복마다 염색하던 염색공장

천변의 누더기 빨래에도
평화의 꿈을 버리지 않았다.

청계천은 살아있다.
한강의 기적 이룬 공화국시대
청계천은 복개를 하고
복개천 위로 달리는 고가도로
환경보다는 성장을 택했다.

청계천은 다시 태어났다.
성장보다는 환경과 미관
고가도로 헐어내고 복개천 걷어내어
물고기 뛰노는 학마을 청계천에
맑은 물 흐르는 행복한 서울이여

2006. 6. 30.

다시 태어난 청계천

청계천은 동맥이다.
서울 시민의 핏줄이다.
맑은 핏줄에 붉은 피가 흐른다.

청계천은 심장이다.
서울 시민의 심장이다.
한국인의 동맥과 정맥이 흐른다.

청계천은 밤의 혼불이다.
민족의 혼불, 파고다 공원이 곁에 있다.
한국인의 혼불을 에워싼 북악이 있다.

2006. 6. 20.

성난 바다에게

나의 생명은
검은 밤의 창가에
바람 앞의 등불
태안 앞바다에 떠다니는
죽어가는 물고기처럼

나의 꿈은
달무리조차 없는
깜깜한 밤중
서해바다 어디쯤서 기름을 토하는
구멍 뚫린 유조선처럼

나의 영혼은
잠들지 않고
깨어 있어야 할 별빛

철석이는 해변
깨끗한 모래 언덕처럼

바다여, 파도여!
너의 깊은 호흡으로 지구를 살려다오
온난화로 무너져 내리는 빙하
내일은 다시 돌아와서
생명들을 위협하는 바닷가 쓰나미를

어부

나는 시를 낚는 어부
그물을 던져놓고 배를 저어
수평선 밖으로 나아가서 기다렸다.

바다 위에 내려앉은 황혼
구름도 핏빛으로 물드는 수평선 너머
나는 망망대해에서 옷을 벗어 바다에 던졌다.

알몸이 된 나의 시는
기도하듯 두 손을 모으고
하늘을 향해 구원을 외쳤다.

어망에 갇힌 물고기처럼
나는 몸부림치다가
드디어 어망 저편으로 빠져나갔다.

대양을 숨쉬는 나의 시는
고래가 등에서 물을 뿜어내듯
하늘을 향해
슬픔과 고통을 뿜어냈다.

비빔밥 시대 (1)

보리밥에 푸성귀 넣고, 유기농 된장 넣고,
가지나물에 호박꼬지, 콩나물에 미나리 무침.
도라지나물에 버섯볶음, 고사리나물에 다시마,
빠질세라 넣고 보자, 쇠고기에 계란 부침.
고추장에 참기름으로 비빔밥을 만들어 먹자.
얼얼얼얼 상사디야 가래질에 잘도 넘어간다.

비빔밥 시대 (2)

핸드폰은 비빔밥이다. 스마트폰도 비빔밥이다.
내 얼굴도 집어넣고 네 얼굴도 집어넣고,
태평양도 집어넣고 히말라야도 집어넣고,
여기는 달나라, 따르릉, 따르릉, 전화벨이 울린다.
보이느냐, 들리느냐, 웰빙 시대, 비빔밥 시대
네 배 속엔 내비게이션, 뮤직홀이 들었으니,
이왕이면 영화관도, 수술실도, 컴퓨터도 다 넣으렷다.

비빔밥 시대 (3)

피자는 이태리의 비빔밥
햄버거는 미국의 비빔밥
스시는 일본의 비빔밥
카레라이스는 인도의 비빔밥
잡탕밥은 중국의 비빔밥

영양 많고 맛있는 비빔밥 시대
간편하고 알뜰한 식사메뉴
비빔밥은
과거와 현재가 손잡아
미래로 달려가는 쌍두마차

나는 보았네, 오대양과 육대주를.
나는 알았네, 세계가 하나라는 것을.
나는 믿고 있네, 행복은 사랑이라는 것을.

비빔밥 시대 (4)

우리는 비빔밥 시대에 살고 있다
어깨를 부비며 살을 맞대고 잠자는 버릇이 있다
사막을 혼자서 걸어본 사람은 고독이 무언지 안다
다문화 시대, 다문화 가족, 다문화 국가, 아닌 비빔밥 시대.

세계는 하나다
세계 인구 68억 중
굶주림에 시달리는 27억 인구
비빔밥 시대의 현주소를 보라

밥은 생명이요 자유요 평화다
밥은 사랑이요 인권이요 행복이다
사막에 나무를 심고
나무에 물을 주자

여름

빨갛게
여물어 가는 고추

장맛비 속에서도
잘 익어가는 산딸기

그 여름
물레방앗간 뒤켠으로 사라진 추억

바닷가 수평선의
찬란한 낙조

수박은 여인이다

축구공만한 수박 한 덩이
수박은 청상과부다.
말 못 할 사연일랑
가슴 속 깊이 묻어두고
청록 빛 얼굴을 한
그대 이름 수박은 청상과부다.

열렬한 사랑에 못 이겨
칼을 대기만 해도
스스로 두 쪽으로 갈라져
끝내
속에 간직한 붉은 선혈을 토하듯
쏟아놓은 일편단심은
독한 여인의 사랑이어라.

수박은 차라리
감추어 놓은 선혈로
연인의 입술을 녹이고
혀를 휘감아
목구멍을 타고 내려가
잠든 영혼을 흔들어 깨운다.

아아. 그대는 청춘의 불꽃
사랑의 진실을 깊이 간직하고
청청한 푸른 빛깔의 몸매로
연인을 사로잡나니
그대 이름 수박은 정열의 여인

여름 일기

소나기 몹시 퍼붓더니
여름은 계곡물로 다가 온다
개울물이 범람하고 강물이 춤을 춘다
그리운 추억은 나뭇잎처럼 떠내려가고
기다리는 임은 오지 않는데
매미의 울음소리 산 속을 뒤 흔든다

달무리도 희미한 어스름 저녁
구름 사이로 살며시 내미는 보름달
짧은 밤 삼경까지 설친 잠
각다귀 따라붙는 여름 한밤에
수런대는 나무들의 속삭임이여
초옥을 찾는 이는 물소리뿐 이어라.

나는 산 속 계곡 옆에 오두막집 짓고

긴긴 여름 낮 더윌랑 밤 물소리로 식히고
우거진 숲 대지의 숨소리 듣고 싶어라
위대한 여름은 불멸의 계절
내 사념 싱싱한 나무들처럼 성숙하여
지상의 모든 아름다운 생명들을 껴안는다.

여름은 만물을 무럭무럭 자라게 하고
때로는 뇌성벽력 때로는 폭우로
잠든 영혼을 흔들어 깨우고
강물은 이내 불어 범람하는 생애
한낮의 더위와 밤의 서늘함
삶도 죽음도 위대한 여름이여.

제3부

연어의 삶처럼

목마른 소나무

등산 가방을 메고
속리산을 가는 길에
정이품송을 보았다
죽어가는 소나무를 살리려고
얽어놓은 철 구조물을 보고 가슴 아팠다.

몇 년 후
해변시인학교를 가는 길에
안면도 솔밭을 거닐었다.
그때의 솔바람은
조선시대 궁중음악 같았다.

어제는 우리 집 근처 둔산에 있는
샘머리공원에 옮겨 심어놓은
노송을 보았다.

학이 두 마리 앉아 있지만
목마른 소나무였다.

집에 오자마자
나는 시를 쓰다가 눈이 침침해 옴을 느꼈다.
조선 소나무처럼
나도 목이 타는 오후
지구 온난화로 죽어가는 소나무처럼.

나무의 습성

나무는
해마다 다음 해를 위하여
손에 꽉 잡고 있던 잎이나 꽃을
조용히 놓아버리는 습성이 있다.

나무는
언제나 하늘을 우러러
기도하는 습성이 있다.

그리고 나무는
바람을 일으키기도 하고
때로는 추워 떨고 있는 새들을 위하여
가슴을 열고 품에 안아주는 습성이 있다.

새들이 가족을 데리고

다 떠나고 나면
나무는 혼자라는 그 큰 서러움을 참으며
고독을 꾹꾹 누르는 습성이 있다.

잎도 때가 되었음을 알고
꼭 잡았던 부모의 손을 놓고
조용히 물러날 때
마침내 나무는
열매를 떨어뜨리고 나서
하늘을 향해 슬픈 운명을 삭히는 습성이 있다.

시를 쓴다는 것은

시를 쓴다는 것은
개울 바닥에 굴러다니는
조약돌을 줍는 일
수석을 즐기다가
기이한 돌을 발견하고는
혼자서 즐거워한다.

시를 쓴다는 것은
나비가 되어
꿀을 모으는 일
꽃을 찾아다니다가
꿀을 발견하고는
행복해 한다.

시를 짓는다는 것은

대장간에서
풀무질을 하는 일
쇳덩이를 불에 달구어
담금질로 연장을 만들고는
이마의 구슬을 훔쳐낸다.

시를 쓴다는 것은
영혼의 맑은 이슬을 받으러
산사를 찾아 떠나는 일
텅 빈 절간을 헤매다가
잠자리에 들어서는
꿈에 도인을 만난다.

작은 돌부처 앞에서

태조산 길가에 세워 놓은
작은 돌부처 앞에서
나는 물었다.

인도 바라나시 녹야원에서
다섯 스님에게 한 첫 번째 설법은
중도中道였는데
중도가 무슨 뜻이냐

정도正道와 중도中道
중용中庸과 중도中道
중심中心과 중도中道
중관中觀과 중도中道

나는 또 물었다.

돌부처는 대답 대신
빙그레 웃었다.
침묵이 답이었다.

미륵불을 바라보며

태조산 입구
미륵불 곁에서
사진을 찍었다.
찰칵
　　찰칵
　　　찰칵
얼굴을 잃었다.
얼굴만이 아니라
영혼도 잃었다.

정상으로 오르는 길은
하나가 아니다.
하늘에 닿으려면
아흔아홉 계단을 올라서야 한다.

누구도 하늘문은 피할 수 없다.
걷다가 쉬다가 다시 걸어가면
정상에 다다를 수 있을까.
정상은 하나
하늘문은 도솔천이다.

내 몸뚱이는 불에 태우고
내 영혼은 구름 위에 얹어놓고
홀홀히
표표히 이승을 떠날 수는 없을까.

팽이치기 (1)

어릴 때 기억으로
팽이를 친다
팽이는 아프다는 말도 없이
잘도 돌아간다

팽이는 중심을 잡고
그 자리에 정지하고 선 듯
꼿꼿이 돌면서
아프게 쳐달라고 애원한다

팽이가 돌면
지구는 반대방향으로 돌면서
팽이더러 말을 건다
너는 얻어맞을 운명을 타고 났다고.

성자는 스스로 팽이가 되어
중심을 잃지 않는다
위대한 바보여
그대 팽이가 되라.

팽이치기 (2)

팽이는 얼음판 위에서도
쓰러지지 않고 돈다
미끄러지면서도
꼿꼿이 돌아가는 팽이여

우주는 모두 정해진 자리에 서서
중심을 잡으려고 팽이를 친다
제가 선 자리를 지키려고
팽이가 되어 돌아간다

지구가 자전과 공전을 거듭 하듯
모든 사물은 제 궤도를 지키려고
현기를 떨치면서 돌아간다
사계가 순환하듯이

봄에는 꽃이 피고
가을에는 꽃지듯이
돌고 도는 팽이여
칠수록 즐겨도는 팽이의 운명이여.

분향

한 송이 두 송이
국화꽃이 쌓이네
하늘도 무심한
대구 지하철 방화현장

숨막히는 고통의 터널
저 칠흑의 어둠 속에서
절규의 검은 손 휘젓는
지하 깊은
지옥의 아비규환

삭아내린 육신의 뼈 조각
언젠가는 벗어놓을 옷이기에
훌훌 벗어 던지고
영혼은 저승으로 승천하였네

가족의 오열 속에
비가 내리고
남은 이들의 기도 속에
조종이 울리네

코스모스 핀 가을

길이 뚝 끊어진 곳에
코스모스 한 송이
피어 있습니다

가던 길 멈추어 선 채
코스모스 향기에 취한
시인이 있습니다

더욱 가까워 보이는
호수에는
지금 막 내려앉은
하늘이 거꾸로 박혀 있습니다

호수 속에는
호수 위에 뜬 달처럼

적막한 가을산이
하늘을 받쳐들고
거꾸로 서 있습니다

아련히 멀어져간 들녘
영원을 묶어 맨 말뚝에는
소 한 마리 매어 있습니다

2000. 10. 6.

가야금 여인

모자랄 땐
모자란 소리
넘칠 땐
넘치는 소리

알맞게 줄을 고르면
하늘과 땅이 화합한 소리

그윽한 울림 속에
백의민족의 한 서린 울림
맺힌 맘 서린 한
실타래 같은 여인의 마음이여.

가야금의 노래 소리

신라 천 년의 세월
가야금 열두 줄에
가야인의 혼을 담은
무언의 가락이여.

퉁기고
고르고
당기고
놓아버리는

끊어졌다가
다시 이어지고
이어졌다가
다시 끊어지는…

둥둥둥 당당당
둥둥 두두둥 둥

당기는 듯 놓아버리고
놓아버리는 듯 다시 당겨
그 중간 어디쯤에

이쪽도 저쪽도 아닌
그 어느 이심전심
중간쯤의 울림이여.

낙안읍성의 동동주

할아버지 제삿날이면
어르신 앞에서
돌아서서 마시던
동동주였건만

철쭉꽃 드문드문
조계산은 붉은데
동동주 한 잔 술에
얼굴빛도 붉어라

조계산 산행을 마치니
해는 비스듬히 서산을 넘고
송광사 휘돌아
낙안읍성 들어서니
청사초롱집 주모가 반겨주네

산나물에 동동주
달무리도 은은한데
술잔 속에 뜬 얼굴
도화인가 철쭉꽃인가
이백은 어디가고
시구詩句만 남았구려.

소쩍새는 밤새 울어
달이 기울고
술잔은 아직도 비어 있는데
인생은 어느덧 저물어 저물어
갈길 바삐 자네는
어디를 그리 서두르는가

막걸리는 따뜻한 사람의 술이다

육자배기에 노랫가락이 넘쳐나듯
맷방석에 윷가락이 굴러가듯
어물전에선 꼴뚜기도 한 몫을 하듯
괴나리봇짐에 김삿갓 넘던 아리랑고개
막걸리는 막가는 사람들의 술이 아니라
마음씨 따뜻한 사람들의 술이다.

만주벌 해란강가 모진 눈보라 속 헤치며 독립군들은
가슴 속에 태극기 숨기고 꺼적대기 주막집에서 만난 동지
를 붙잡고 막걸리 한 대접에 정을 나누었을 그 기막힌 막
걸리를 생각이나 해 보았느냐

배를 띄워라 노를 저어라 강건너 두만강 건너 고국 땅
그리운 나의 조국 피보다 진한 정으로 막걸리 한 사발 나
누고 싶은 가슴 뜨거운 배달 겨레여

백두산이 우뚝 솟고 천지의 맑은 물 흘러내려 압록강
두만강 이루고 태백산 뻗어내려 한강 금강 영산강 낙동강
굽이굽이 흘러내려 한라산 백록담까지 맑은 바람 맑은 물
로 빚은 막걸리 한 양푼에 초례청에 선 총각처녀 얼싸안고
사랑사랑 내사랑아 뜨거운 가슴 내 사랑아

막걸리는 이제 술이 아니다
한민족의 뜨거운 가슴이다
청춘남녀의 뜨거운 사랑가다

찜질방 (1)

몸에서 땀을 짜내듯이
몸에서 기름끼라는 기름끼는 모두 짜내듯이
살 속 깊은 곳에 박힌 때를 벗겨냈으면 좋겠다
켜켜로 몇천 년 쌓인
인연의 쇠줄도 풀었으면 좋겠다

찜질방 (2)

금년 연초엔
찜질방에라도 가서
살 속에 박힌 거품들을
모두 걷어냈으면 좋겠다
귀에 박힌 못도 빼냈으면 좋겠다

항아리

혼이 담겨 있지 않은 항아리는
이미 항아리가 아니다.
조상 대대로 전해 온 항아리엔
사랑과 정성이 담겨 있다.
뿌리치지 못 할 무엇이 담겨 있다.

말씀이 담겨 있지 않은 항아리는
이미 항아리가 아니다.
말씀이 향기처럼 피어나지 않은 항아리는
흙을 빚어 만든 도구에 불과하다.
스스로 존재마저 거부하는 모순의 흙덩이다.

청자 항아리

도공의 혼이 담겨있는
그릇이다.

도공은 마음에 차지 않으면
여지없이 부숴버린다.

어느 도공의 늑골
손이 닳도록 항아리를 다듬는다.

불을 피우고 나서
몇 날 밤을 새워야 완성되는가.

하늘가 나는 기러기 떼
에메랄드빛 하늘이여

술 항아리

온돌방 아랫목 술 항아리는
할아버지 제삿날만 기다린다.
먼 먼 조상님
우리를 지켜주시고
자손들 그 안에서
복을 누리리.

이사할 때마다
챙기는 술 항아리
시어머니는
행주로
반들반들 닦는다.
술 항아리는 신앙이다.

삶이 궁색해도

술 항아리는 아랫목을 차지한다.
손님상은 주안상
손님이 왕이던 시대는 지나고
쓸쓸한 독상
아내마저 저세상으로 간 할아버지의 수염

누가 오늘을 지상천국이라 말했는가.
2만불 3만불 6만불이 되어도
행복은 가정에서 나온다.
가정이 깨지면 불행
부모 없는 가정의 행복은
연목구어緣木求魚.

간장 항아리

장독대 놓인 간장 항아리
간장 항아리에
할머니의 손때가 묻어있다

며느리가 장독을 다독이며
등에 업힌 새끼가 칭얼대면
사랑방의 말씀으로 달래던 시절은 가버렸다

장맛은 할머니로부터 손주며느리에게까지
대대로 전해왔다는데
지금은 대가 끊겼으니

뒤꼍 장독대 위에
청수 떠놓고 빌던 시어머님
자청해 회초리를 드시던 모습이여

물 항아리

물 항아리는 물만 먹고 산다.
아프리카 케냐에 사는 물 항아리는
늘 물이 부족하다며
허기진 배를 움켜쥐고
불룩 튀어나온 배에
물만 가득 담고
뒤뚱뒤뚱 오리걸음을 걷는다.

비나니
하늘이여
비를 내려주소서
빈 배를 채워주소서.

아낙은 만삭이 된 배를
부끄러운 듯

무명치마에 감싸 안고 서서
하늘을 향해 울부짖는다.
옥동자만 점지해 주셨으면

물 항아리는
생명의 근원
우리 조선의 탯줄
물 항아리는 어머니의 어머니
비록 아프리카로 시집을 가도
너의 조상은 삼한三韓적 물 항아리

연어의 삶처럼

남대천 강물에서 자라
유년을 여울물에서 보내다가
치어를 벗어나선
강물을 따라 동해바다로 나간다.

어른이 된 연어는
민물을 버리고
짠물을 마시며
대양을 꿈꾼다.

일본 열도를 따라 북상
마침내 홋카이도 앞을 가로질러
태평양에 이르려는 기염을 토하고
바다를 마신다.

알래스카를 빙 돌아선
갔던 길을 되돌아 선다.
다시 홋카이도섬 남쪽을 지나
그 장엄한 여정, 회귀를 재촉한다.

바다를 거쳐 강으로 강으로
그리운 고향 남대천을 찾아
어린시절 동네아이들과 함께 미역감던
그 개울을 못잊어 수만리를 돌아왔다.

연어는 다정스레 부부가 알을 낳고
부화를 못보고 눈을 감는다.
살아서는 불곰에게 잡혀 먹히고
죽어서는 흰 갈매기의 밥이 되는 연어

오직 새끼를 위해 몸바쳤을 뿐
제 몸을 돌보지 않는 삶
연어는 스스로 제물이 되어
제가 낳은 알을 지키다가 죽는다.

새똥

버리면 가벼워 지는 것을
못 버리고 버티는 미련
새만도 못한 존재들

하늘을 나는 자유는
그냥 얻어지는 것이 아니다
창자를 비울 줄 알기 때문에
버리고 난 후에 얻어지는 자유와 비상

행복은 그냥 얻어지는 것이 아니다
몸이 가벼워져야 날 수 있듯
자족할 줄을 알아야 얻어지는 것

새가 고공을 나는 것은
그냥 얻어지는 기술이 아니다

때로는 추락의 공포를 이겨내면서
몸 속의 새똥을 말끔히 버려야 한다

양계장에서

닭들은 알을 낳는 도구
인간들 욕망의 덫에 걸린 생명들
알만 낳아 다오, 제발
양계장은 24시간 대낮이다.

어쩌다가 너희들은 조류 인플렌자(AI)에 걸렸노
마이신도 효력없이
목숨들은 이제 빈 트럭에 가득 실려
지옥의 구덩이에 쓸려 들어간다.

텅 빈 양계장 앞에 서서
끔찍한 만행에도 말한마디 못하고
구역질만 해대면서
넘어가는 석양만 원망한다.

예쁜 병아리는 커서 암탉이 되고
암탉은 주인을 위해 알을 낳을 뿐
희생만 강요당하는 닭들에게는
그래도 지상은 낙원이다.

지하철 순환선을 타고

씨앗이 떨어져 싹이 났다.
점점 자라 거목이 되었다.
그늘을 드리워 사람들은 쉬어가고
새들은 둥지를 틀었다.

시작하라. 다시 시작하라.
씨앗을 심어 거목이 되도록

서울 지하철 순환선에
노구를 싣고 나는 그냥 가는 중이다.
내가 탄 곳은 출발점이자 종점
인생도 마찬가지다.

지구는 둥글다.
출항해서 세계를 항해하면

결국 출발점으로 되돌아오는 선박처럼

시작이 끝이요,
끝이 시작인 인생 항해
시작하라. 다시 시작하라.
끝없이 도전하라.

유정有情

모래알들의 모임
돌들의 대화
나무들의 눈짓
호수는 호수로 놓아두고
강물은 강물로 흘러가게 하자.
나는 나로서 만족하면
비로소
산은 산이고
물은 물이 되고
비정非情은 또한 유정有情이 되나니

선풍기

아흔 아홉 개의 갈비뼈 사이로
빠져나오는 팔랑개비의 바람
촌철살인 사람 죽이네
더위를 죽이네.
땀방울 송글송글 온데간데 없고
태풍같은 선풍기 바람에
가슴 속까지 서늘하다
선풍기는 바람개비
온 방안 더위 몰아내고
때로는 혼자서 외로와 엉엉 운다

에어컨이 나오자
버려진 선풍기는
혼자서 외로와
골방구석에 숨어

전전긍긍
지구 쓰레기로 전락하는가.
목숨이 있는 한
이 생명 다하도록 열심히 일 하고파
가난한 판자마을로 이사를 간다.

저어새의 꿈

비무장지대에 있는 유도와
강화도 갯벌은
저어새의 서식지

논에 제초제를 뿌려
하나씩 둘씩
죽어가는 저어새

지구의 오염은
생태계를 변화시켜
인간의 목숨마저 위협한다.

아! 슬프도다
인간의 환경파괴에
저어새는 새끼를 부둥켜 안고 꿈을 접어야 하는가.

인간은 죽으면
뱀이 되기도 하고
소가 되기도 하고 저어새가 되기도 한다는데

억겁을 돌아
다시 태어나면
너는 인간들에게 무엇을 말하겠는가.

어버이의 사랑

매미는
허물을 벗어야
세상을 날 수 있다

가시고기는
제 새끼가
알에서 깨어난 후
세상을 끝마친다

연어는 바다에서 민물로 올라와
알을 낳고 새끼를 깐 후
마침내 생애를 끝낸다

이 땅의 어버이들도
오직 자식만을 위해 기도하다가

세기의 어둠 속으로 사라졌다

올챙이도
개구리가 된 후에야
제 꼬리를 잘라낸다

죽은 자에게 바치는 시

이 세상을 일찍 하직한 자여!
그대 그렇게 일찍 하직한 이유를 묻지 않겠노라
삶을 깨끗이 쓸어 덮고 떠날 때
남은 이는 눈물을 흘리며 그대 어깨를 붙잡아 보지만
그대는 매정하게 손을 뿌리치며
뒤를 돌아보지도 않고 떠나갔다.
하나님 나라에 가는 영생의 길은
힘겨운 이승의 삶보다야 쉽겠지만
그곳은 경쟁 없는 사회
어머니의 자궁 속 모태와도 같은 곳
고통도 슬픔도 불행도 없는 평화로운 영원한 고향
저승의 사자 문지기는
정말 우리를 지켜보고 있다가 문을 열어 준다지
그때 우리는 저승사자에게
하나님 면회를 허락받을 수 있을까

그대 일찍 그곳에 갔으니
비노라, 그대는 평화와 행복과 영생을 누리소서.

눈물 밥과 눈칫밥

눈물 밥을 먹어보지 못한 사람은
남의 배고픔을 알지 못한다.

오늘은 이 골목 내일은 저 거리
손수레에 얹혀 있는
눈도 감지 못한 생선 몇 마리
싸구려에 목청이 터진다.

철새가 날아와
바닷가 갯벌에서 죽어있다.
나딩구는 농약병
보기만 해도 소름이 끼친다.

정치는 돈맛에 물들어 낮잠을 자고
농민은 농약에 취해있고

혹두루미는 논가에 쓰러져 신음한다.

눈칫밥을 먹어보지 못한 사람은
남의 아픔을 알지 못한다.

홍수주의보

작년엔 강릉에
금년엔 인제에
해마다 홍수로
살림도, 집도, 사람도 잃었다

빗줄기 세차게 퍼부어
개울물은 강물로 범람하고
강둑도 무너져 마을을 휩쓸었다

빗물이 모여 개울을 이루고
개울물이 모여 강을 이루어
산도 무너뜨리고 도시도 휩쓸어 간다

물의 두 얼굴
태양처럼 웃는 얼굴이다가

먹구름처럼 난폭한 얼굴도 된다

물은 놓아버리면 선량하다가도
물을 묶어놓으면
사나운 짐승이 된다

지구촌 가족

올림픽은 지구촌 축제
지구촌 축제는 올림픽

지구촌 가족들이
중국에 모여
지금 베이찡에서 뛰고 있다.

지구 온난화로
남극의 얼음이 녹아내리고
바닷물은 점점 부풀어 오르고 있다.

찌는 듯한 더위에
북극곰마저 숨을 헐떡이는데
그루지아에선 다행히 폭발음이 멈춰서고

먹구름 뒤에 감추어진 굉음
저 이스라엘과 팔레스타인처럼
언제 또 지축을 흔들른지

여름 밤하늘 수놓은 은하수
큰곰, 작은곰, 카시오페이아, 북두칠성
우리는 평화로운 지구촌 가족

안개

대청댐 근처 신탄진에는
유난히 안개가 짙다.
연초 제조창 노동자들은
안개에 밥을 말아 마시고
허기를 참느라 잠을 못 잔다.
수출 강국 한국에도
막노동 품팔이 현장에는
안개에 쌓여
앞이 캄캄한 밤을 지새우며
소주를 가슴에 붓고 있다.
안개에 쌓인 6자회담 역시
핵과 미사일을 가운데 놓고
네 것 내 것 싸움질을 하고 있다.
안개에 쌓인 남북회담
불쑥 나타난 미사일과 핵이

남북을 암흑의 강으로 갈라놓고 있다.
징글벨, 징글벨 징글맞게 울려 퍼지는
세모의 종소리
북녘 땅에서는 지금
어떤 음모를 꾸미고 있을까.

2006. 12. 26.

운명은 무지개라네

기쁠 땐 슬픔이 올 것을 생각하고
슬플 땐 기뻤던 과거를 생각하게나
운명은 무지개라네
이쪽 샘이 오아시스라면
저쪽 샘은 신기루일지 몰라

여름엔 겨울이 올 것을 생각하고
가을엔 봄이 올 것을 생각하게나
운명은 새옹지마라네
낙엽이 떨어지고 나면
그 자리에서 새 잎이 돋아난다네

어제는 바다 속을 헤엄치던 물고기가
오늘은 도마 위의 생선이 되었네
운명은 그물망이라네

우리는 누구를 위하여
엄동을 녹이는 연탄이 될 수 있을까?

시지프는 돌을 산정으로 밀어올리고
굴러 떨어지면 또 다시 밀어올리네
운명은 돌이라네
신은 높은 산정에 앉아서
아래를 내려다보고 있는 걸까?

수평선

수평선을 넘어보지 못한 사람은
참사랑을 알지 못한다

하늘에 이르러보지 못한 사람은
참사랑을 알지 못한다

지상에서 쫓겨난 사랑은
해가 되고 달이 되고 별이 되었다

촛불같은 사랑은
모든 것을 불태우고
함께 잿가루로 스러진다

수평선 너머 저쪽으로
아스라이 사라지는 돛단배와 같이

하늘은 내려와
바다에 입맞추고
물을 끌고 다시 하늘로 올라간다

커피 한 잔을 앞에 놓고

내 육십 평생에
기대도 후회도 없이 다만,
커피 한 잔을 앞에 놓고
창 밖을 멍청히 바라보니
이렇게 마음 가벼울 수가 없다
씨 없는 수박처럼
누구에게나 먹기 좋은 보시
이제 마음 비우고 살려 하니
커피 잔 속에 온 세상이 몰려온다

찌푸린 날씨에도 무더위에도
스카이라운지에서
커피 한 잔을 앞에 놓고
창 밖을 물끄러미 내려다보니
이렇게 마음 즐거울 수가 없다

말도 필요 없고 할 일도 없어
이제 생각조차 놓아버리니
커피 잔 속에 온 세계가 가득 들어찬다

까치

아침 일찍 햇살 하나를 물고 와
마당가에 놓고 갔다

이내 두 세 마리 까치 가족이 모여들고
꺅, 꺅, 꺅, 꺅, 유리창 부서지는 소리를 지른다
뒤 곁 밤나무 울타리에 앉아 있던 까치
행길 가 미루나무에 옮겨다니며
엿장수 큰 가위 부딪치는 소리로
온 동네가 떠나갈 듯 축복의 메시지를 전한다.

나뭇가지 입에 물어다 옮겨 놓아 집을 짓고
깃털 뽑아다가 보금자리 만들고
평화와 안식의 둥지엔 새 새끼 세 마리
어미를 닮아 검은 바탕에 흰 깃털

아파트 숲 사이사이
정원수 한 그루에
두 마리 까치가 앉아 있다가
사람을 보자 불안했던지
어디론가 날아가 버렸다

산

산으로 간다.
한사코 산으로 간다
백두산 한라산 지리산 금강산

저 높은 곳에는
신神이 웅크린 자세로
거기 숭엄한 세월이 있고
생명의 불가사의 또한 있기에

나는 나는
한사코 산으로 간다
후지산 코타키나발루산 융프라우 그 다음은 에베레스트(?)

겸허한 마음으로

우뚝 솟은 히말라야는
백발의 설원을 머리에 이고 있다.

장마

여름날
쏟아지는 빗줄기
장맛비는 가슴 속으로 파고들어
흙탕물을 일으키며 지나갔습니다.

강물이 불어
논둑을 무너뜨리고
소, 돼지까지 휩쓸려 가고
둑이 무너져 머릿속은 혼수상태가 되었습니다

정신을 차려야지 하고 나는
강물을 헤엄쳐 빠져나와
강둑에 앉아서 바라보니
강물은 도도히 흐르는 역사였습니다

내 안에 시간이 흐르듯
한 민족의 역사가 흐르고
인류의 혼돈된 역사 속에
전쟁으로 얼룩진 강물은 슬픔이었습니다

장마는 나의 가슴을 쪼개고
나의 머리를 서늘하게 쪼개고
우리들의 역사를 산산이 부서뜨리고
시간이라는 망녕 앞에서
강물은 넋을 잃고 쓰러져
바다로 흘러갔습니다.

폭포의 기도

천길 낭떠러지를
정말
뛰어 내릴 작정인가

칼로 자른 벼랑 아래
법복 입은 수도승처럼
눈감고 기도할 밖에

부드러운 물줄기
꽂히는 순간
하늘에 목숨을 걸었다

떨어지는 물줄기마다
저 깊은 연못 속으로 빠졌다가

다시 솟구치는
대쪽같은 정신이여

제4부

마추픽추 통신

마추픽추 통신

안데스 산맥 꼭대기
마추픽추에서
너에게 전한다.

어느 잔혹한 추격자 무리를 따돌리고
이 험준한 산정에까지 올라와
그들만의 왕국을 건설하였다.

태양을 숭상하고
비탈진 산 아래
척박한 땅 일구어 논밭을 만들고
마침내 잉카문명을 탄생시켰다.

몇 세기 전 그때 우리나라는
일찍이 인쇄술에, 훈민정음에, 측우기까지 만들어

태평성대를 이루었단다.

얼마 후 우리도
이웃 나라의 침략을 받아
충무공이 없었다면
나라를 잃을 뻔 했었지.

파블로 네루다는
폐허를 다녀와서
「마추픽추」라는 장시를 썼지.
<옥수수처럼 인간의 영혼이 탈곡되었다>고.

2012. 9. 25.

갈라파고스의 거북

버락 후세인 오바마 대통령은
갈라파고스의 거북처럼
흑백의 높은 파도를 헤치고 올라섰다.

한국의 영원한 청년 엄홍길은
히말라야의 만년설을 디디고
인도양을 굽어보고 서 있다.

영국의 찰스 다윈은 비글호를 타고
갈라파고스에 가서
적자생존의 거북을 보았다.

탈 인종, 탈 이념, 적자생존의 이벌류션evolution
단일민족은 무너져 다문화사회가 되고
새 문명, 새 질서, 새 태양이 떠올랐다.

바다가 육지가 되고
사람이 우주의 어느 별나라에서 살아도
변하지 않는 것은 오직 하나님 뿐

2009. 1. 14.

분화구

화산으로 이루어 졌다는
호수의 고장 따가이 따이*
산을 넘어서니 바다 같은 호수
호수를 건너 다시 작은 산을 오르니
백두산 천지 같은 호수가 있네

화산 속의 화산
호수 속의 호수
그림 같은 마을
따가이 따이는 그렇게 누어있네

지구는 쉬임 없이
땅을 가르고

---

* 따가이 따이 : 필리핀의 명승지로 마닐라에서 약 3시간 거리에 위치
해 있음.

화염이 솟아 나와
용암으로 흐르다가 식어
오늘의 명승을 연출하였네

인간의 수명은
봄 한철 피는 진달래 꽃
지구의 역사를 어찌 알 수 있으랴
더구나 생성 변화야 어찌 따라가 보랴

2003. 2. 12.

캐나다를 떠나며

50여 년 전, 1950년
한국전쟁에 참가하여 전사한
캐나다 젊은이의 넋을 기리며
머리 숙여 명복을 빈다

빅토리아 섬을 떠나
밴쿠버로 가는 배 위에서
하늘과 맞닿은 푸른 바다를 보며
위령탑을 향해 마지막 기도를 드린다

한국에 돌아가서 나는 전하리
참전 용사들의 넋은
레이크 루이스의 물빛보다도
아름답고 고귀하다고

부쳐트 가든에 핀 장미꽃처럼
아름다운 그대들의 마음씨
고마운 우정 영원히, 간직하리니
캐나다여, 나이아가라여, 록키산맥이여.

2004. 6. 28.

이구아수Iguassu 폭포

아르헨티나에서 보는 폭포는
악마의 목구멍으로
빨려들어가듯 어지럽다.
바다에서 일어나는 운무
안개는 솜이불처럼 포근한데
악마의 목구멍은 깊이를 모를레라.

브라질 쪽에서 보면
하늘에서 떨어지는 물줄기
그 소리 우레러니
멀리서 보니는 병풍바위여라.
아! 하늘로 오르는 뭉게구름,
무지개빛으로 찬연하다.

안데스 산맥 여기저기에서
흘러내린 물이 이구아수 강, 파라나 강을 이루고
다시 두 강이 한데 합수하여
장엄한 폭포를 이루었으니
코리아의 나그네 할 말을 잃었네.
지구가 끝나는 날까지 흘러라, 그대 강심이여!

아름다움은 항상 악마가 시샘하는 법
고고하게 춤을 추다가
마침내 악마를 따돌리고
천상으로 비상하는 새
천사의 옷자락엔
핏빛 노을이 묻었네.

브라질의 친구여, 아르헨티나의 친구여
강과 폭포를 영구히 보존해 주오.

2005. 2. 29.

후쿠오카 형무소 담 밖에서

– 윤동주 시인 60주기 추도시

후쿠오카 형무소 담 밖에서
우리는 통곡 대신
당신의 피맺힌 시를 읊었습니다.

북간도 용정에서 자라나
연희전문을 졸업한 뒤에도
당신은 무엇을 더 바라
타향 만리 일본에 갔다가
어느 원수의 그림자에 목숨을 잃었습니까.

별은 쏟아져 각혈을 하고
하늘에는 해도 달도 없어지고
바람 또한 몹시도 불어
눈보라마저 휘날리던 2월 16일
애처로운 별 하나 끝내 떨어졌습니다.

쉽게 씌어진 시를 부끄러워하던 당신
손들어 표할 하늘도 없던 무서운 시간에
당신은 검은 옷을 입고 새벽을 기다렸습니다.

당신이 가시던 그 해에
당신의 뜻대로 새벽은 왔고
나팔소리 우렁차게 들려왔습니다.

이제 당신은 죽어서 태양으로 뜨고
백골은 또 다른 고향에 묻혔으니
어두웠던 방은 우주로 통하고
아름다운 혼의 노래는
후쿠오카 하늘 높이 울려 퍼집니다.

2005. 3. 16.

바이칼 호반에서

바다vada,* 바다vada, 바다vada,
바이칼호는 바다(sea)였다.
너와 나와 우리의 만남.

그리하여 넘쳐 흐르는 바다는
다시 앙가라강을 이루어
시베리아 대평원을 적시고
이르쿠츠크에서 전기를 일으켜
시베리아의 깊은 잠을 깨웠다.

우리들 이방에서 온 코리안을
따뜻이 맞아주는
그대의 너그러운 품안에서
땀을 씻고 발을 담그고 가네

---

* vada : 러시아어로 '물'이란 뜻이다.

어느 날까지 다시 돌아오거든
그대 뜨거운 포옹 있기를
세계는 하나 바이칼에서 만나세
춘원의 「유정」 남정임처럼
주고 받는 사랑 영원토록
젊음의 바다 바이칼이여

2004. 8. 31.

네바강 가에서

한강의 유람선 위에서
한강의 기적을 보듯
네바강의 유람선 위에서
상트 페테르부르크의 영광을 본다

저 육중한 대리석의 건축들
이탈리아의 건축을 보는 듯
놀라운 눈빛으로
부러운 눈빛으로

영화롭던 고구려 영토 위에
코리아의 잃어버린 꿈을 그린다
하늘을 찌를 듯 서 있는
광개토 호태왕의 비는
삼국시대 우리 조상의 기개

피터대제의 좌상 앞에서
나는 광개토대왕을 그려 보았다
침략자 수隋와 당唐을 몰아낸
을지문덕과 양만춘의 계책을 보았다

2004. 8. 30.

발리섬

꿈을 꾸듯
발리섬은
우리를 기다리고 있었다

비행기에서
내려다본
발리섬
태평양
너른 바다 위에
떠 있는
한 조각 나뭇잎

파도여
달빛 아래
은모래 적시는

바닷가 이야기
조영남 표중식 서종남 정연순
그리고 나
새벽 이슬을 맞으며
깜깜한 바다를 사모했다

여름 무더위 만큼이나
열 오르는 술맛
이방인은 벤치에서
벌거벗고 코를 고는데
은은한 달빛 아래
발리섬은 잠자지 않고
파도가 발목을 적시네

철새처럼 왔다가

잠자리처럼 떠나는
여행자들
발리섬은 영원히
태평양을 바라보고
홀로 남겠지

꿈을 꾸듯
발리섬은
우리를 배웅하고 있었다

1999. 10. 7.

장가계 천자산天子山에서

산은 높아 깎아 세운 돌기둥이요
강은 깊어 천리 길이라
절벽 위에 붙어 있는 소나무는
신선처럼 고고함을 자랑하는구나

천자산 엘리베이터로 급히 올라와 보니
흰 구름이 허리를 휘감아
신선이 된 듯하고
굽어보니 장장 천길 낭떠러지

석죽은 도공의 빼어난 솜씨
한발 헛디디면 굴러 떨어질 듯 아득한데
이곳에 함께 온 친구들이여
비의秘意는 누설하지 말지어다

장가계 원가계 토가족 원주민들
몇 만 년 이곳을 지키며 살았겠지
한국의 김삿갓 다녀갔다고
그대들 오래오래 기억해주오

2006. 8. 24.

이강의 뱃놀이

이백李白과 두보杜甫 시인 묵객墨客들이
한 마리 학을 따라
뱃놀이하던 그곳
내 이곳을 못 잊어
오늘 다시 찾아왔네

운무는 멀리 산자락을 가려
아득한 옛 전설 속에 묻혔는데
물 맑아 저 물소처럼
배 밖으로 손을 저어 보니
물 속으로 풍덩 뛰어들고 싶어라

배 위에 실린 몸
물결 따라 흘러가니
마치 산이 나를 맞이하고 보내는 듯

구름 속의 산봉우리
잡힐 듯 인사하네

역사는 이강처럼 길고
영웅호걸 이강을 거쳐
전설 뒤편으로 사라졌으니
나 또한 이강에서 돌아서면
나의 자취 누가 불러주리

이렇듯 흥망과 성쇠는
물이 되어 흘러가도
새싹이 돋아나듯
후세인 여기 또 와서
이강의 뱃놀이로 산수를 감상하겠네

2006. 8. 23.

복파산伏波山에서

산 입구 암벽마다 새겨진 싯귀
돌을 깎아 새겨놓은 이름마다
천 년 세월이 지나니 역사가 되고
수천 년 흘러가니 신화로 남네

높은 산 아니건만 계림시내 잘 보이네
저기 저 이강 흘러흘러 아름답고
우뚝우뚝 솟은 산은 고고함을 자랑하네
계수나무 가로수 향기 거리마다 넘치네

아, 쾌청한 날씨에
거리에 넘치는 정 눈물겹고
아름다움에 취해 나도

---

* 伏波山 : 중국 계림에 있는 산.

꽃을 옮겨 다니는 한 마리의 나비

2006. 8. 23.

갠지스 강가에서

부처의 나라 인도여,
간디의 나라 인도여,
타골의 나라 인도여,

1월 26일은 인도의 국경일
바라나시의 갠지스 강 가에서
우리는 넋을 잃고 강 언덕을 바라보았다.

서 종남 교수와 함께하는
인도 문학기행단원들
그날 저녁 갠지스 강 가에서는
힌두교의 행사로 강물이 출렁거렸고
우리는 인도를 점점 잃어가고 있었다.

인도를 알려고 인도에 왔으나

오히려 인도를 잃어버린 우리들
배는 오지도 가지도 않은 채
강물만 예전처럼 흘렀다.

바라나시 거리의 아우성은 지옥인데
강가에선 열반이 벌어지고
가트GHAT 한 머리엔 해탈을 연습하고 있었다.

석가는 해탈 후 마부디 사원에서
중도를 설법하셨다지만
거리는 아직도 지옥 같은데
강 건너 니르바나를 불구경하듯
나는 강 이쪽에 서 있었다.

거리의 소가 넋 잃고 서있듯

이방의 나는 나를 잃어버린 채
강 언덕에 서서
화장터 연기처럼 사라져가는
나를 찾고 있었다.

2007. 1. 29.

긴 구름이 뜬 나라

지구의 반대쪽 남쪽나라 십자성
밤하늘 수놓은 별들을 바라보며
내 어린 시절 멍석 위에서
어머니 젖무덤에 자장가 들려오네.

부모님 나라 저 별이 내 가슴에 뜨고
어제는 <긴 구름 뜬 나라> 뉴질랜드
북쪽 섬 오클랜드에서 자고
유월 여름인데 오늘은 눈꽃 핀 길을 달려
내 여기 밀포드 사운드에서 뱃노래 부르네.

아, 남십자성은 어머님 얼굴
보고 싶은 어머님의 인자하신 모습이여
내 이곳 뉴질랜드에서

고향 하늘의 별을 그리워 하네.

2006. 9. 21.

미얀마Myanma의 파고다

바간은 거대한 하나의 박물관
2500여 개의 불교사원들은
무덤이요, 보물 창고요, 박물관
쉐지곤 사원, 로카찬다 사원, 까바에 사원
그리고 쉐다곤 사원, 사원들이
밤하늘의 별처럼 흩어져 있다.

왕은 노예들을 부려
붉은 벽돌을 쌓게 하고
벽돌을 잘못 쌓아
팔이 잘린 노예도 있었다.
하늘을 찌를 듯 높은 탑
겉에다는 금을 발랐다.

전쟁에 승리한 왕이

자신의 권위를 위해
부처님의 법력을 빌려왔고
백성의 희생을 짜냈다.

왕은 전쟁의 노예들에게
벽돌 한 장 한 장 들어올려
탑을 쌓게 하고
탑 안에는
부처님의 진신 사리를 모셨다.

왕권을 잡으려고
부왕을 죽이고
신하와 형제마저 죽인 황제여
그 죄 씻으려고 파고다를 지었다니
파고다 속에는 눈물이 고여 있네.

세월은 흘러 천년, 아니
훨씬 더 오래 된 지금
아침 이슬의 영광이여,
씻을 수 없는 눈물로
벽화마저 지워졌던가.

2007. 2. 27.

인례호수에서

잔잔한 호수, 하늘 끝으로 뻗어
유리 위로 4인승 보트가
칼날처럼 바다를 가르고
쏜살같이 지나갔다.

호수 수면 위에 떠 있는
수상가옥들
조금은 더러워 보이지만
촘촘히 수놓은 별자리 같았다.

미얀마의 헤호
인례호수에는
가난한 원주민도 있고
부유한 사람의 리조트도 있다.

물 위에 둥둥 떠도는 사람들
인생은 백년도 못 넘기는데
부생백년浮生百年이 웬 말인가.
허허롭다, 세월이여.

수상마을에는 오늘도
베틀 위에 앉아 수놓는
쇠목걸이로 목을 길게 늘인 아낙네들
무심한 저녁 해가 또 넘어가고 있다.

2007. 2. 27.

마부디 사원에서

녹야원 가까이 있는
마부디 사원은
티벧 사원

석가세존께서
함께 고행한 다섯 스님 앞에서
최초로 설법을 하신 곳

밝은 햇살 속에
돌은 귀를 열고
설법을 듣고 있다.

중도中道를 설說하시고
사성제四聖諦 팔정도八正道를 강講하시고
육바라밀六波羅蜜을 실천해 보이시니

나뭇잎도 감동하여
스님들 머리 위에
뚝 떨어졌네.

이것이 있으니 저것이 있고
저것이 있으니 이것이 있는 법
십이연기十二緣起로 얻은 목숨 연기처럼 사라지네.

2007. 4. 19.

황사테러

고비사막 아니면 네이멍구
2007년 4월 1일
한국을 뒤덮은 황사테러

폐렴에 걸린 환자는
이불을 뒤집어쓴 채
밤새 자리에 누워버렸다.

결막염 환자가 외출을 할 때는
이불을 뒤집어쓰고 외출하라.
천식 환자가 외출할 때는
아예 입으로는 숨을 쉬지 마라.

저 깊은 폐 속에
시커먼 폐광의 유황

먼지의 나라
서쪽 창문을 닫아라.

9 · 11 테러, 황사테러
버지니아 공대 총기난사사건
우리의 폐가 썩어가고 있다.

2007. 4. 20.

호심정湖心亭에서

공 맹孔孟의 옛사람은 곡부曲阜에 잠들어 있고
강 태공姜太公 낚시터는 보이지 않네만은
태산은 구름 위에 반 쯤 걸려 있고
대명호大明湖는 푸른 숲에 쌓여 있다.

술 취해 편주로 호심정에 이르니
두보杜甫의 입상立像만이 우리를 반기는 듯
세월은 멀어도 어제처럼 가까워라.

머리에 구름을 이고서야 이곳을 찾았으니
이제 더 탐낸들 무엇을 얻으랴.
맑은 호수에 귀를 씻고 발도 담그니
짧은 세월 여한 없이 떠나고 싶어라.

---

* 호심정(湖心亭) : 중국 산동성 제남시(齊南市) 대명호(大明湖)에 있
  는 작은 정자.

배젓는 소리의 웃는 얼굴에 근심도 사라지고
뱃노래 절로 나와 한가로움 되찾으니
요산회樂山會 일행 여로 뒤에 춘추전국 아득하여라

2001. 7. 11.

쇠똥

인도印度의 농촌 마을
길바닥에 주저앉은
쇠똥

질펀한 쇠똥
먹음직스럽게 개떡처럼
주무르는 아낙

벽에 발라 붙여놓은
또아리 튼 쇠똥

겨우내 땔감 풍성한
정겨운 농촌 마을

불구부정不垢不淨이라더니

극락이 여기 있었네.

2007. 3. 3.

카리브해를 바라보며

칸쿤의 아침 햇살이 빛났다
옥빛 바다 아름다운 칸쿤 해변
풍덩 빠져보고 싶은
카리브해는 고요하다
아직은 마음을 열어주지 않는 나라 멕시코
그들은 힘겹게 과거에 묻혀 있다.

쿠바의 바라데로 해수욕장에는
동양에서 온 이방인 몇이서
바다에 몸을 담갔다
저 부드러운 은모래를 걷는 순간에도
세계는 석유전쟁에 휩싸였는데
여기 카리브 해협은 원시의 바다
쿠바의 배는 출렁이고 있다.

카리브해 저 너머에서
코르테스 탐험대가
대륙을 발견했을 때
그들은 얼마나 놀랐을까
카리브해는 잠들지 못하고
영원히 설레이리라.

2006. 8. 14.

치첸잇사의 꿈

마야 그들은 문명을 꿈꾸고 있었다.
부족마다 거대한 희원 앞에
신에게 바칠 제물로
전사의 심장을 택했다.

해의 피라밋
달의 피라밋
깃털 달린 뱀의 피라밋
그리고 그 사이 죽음의 거리

왕좌 위에 놓인 권위
칼로 제사지내는 부족국가들
황금보다 위대한 제왕의 위엄이
지금은 소나기 한 줄기에 젖고 있다.

21세기 서쪽에서 온 어느 나라 길손이
그 앞을 지나며 묻노라
이곳이 6세기경 그 찬란했던
마야문명이냐고

2006. 7. 10.

구름을 바라보는 마음 (1)

청자항아리에 둥둥 떠도는 구름
구름만 바라보고 있으면
청자는 눈에서 사라지고
구름만 둥둥 떠다닌다
어릴 때 꿈을 옮겨 놓은 듯
하늘 높이 자유로이 떠다니는 구름
신선이나 된 듯
가슴 뿌듯한 느낌으로
생生의 끝자락을 잡고 나른다
솜털같이 가벼운 나의 삶
인연도 훌훌 떨어버리고
속기俗氣나 집착을 떨어버리고
저 청자의 귀를 열어놓고
하늘 높이 날고 싶어라

2006. 8. 11.

구름을 바라보는 마음 (2)

허무허무허무허무허무허무허무허무허

무너저도 좋고 무너지지 않아도 좋아

사라저도 좋고 사라지지 않아도 좋아

나는 구름밭에 누워 하늘을 바라보며

구름이 되어 무념무상 무장무애

사념의 창을 닫아 버렸다 바라승아제

2006. 8. 11.

산 (27)

– 금강산 만물상

누가 금강산을 천하명산이라 불렀던가
누가 만물상을 황홀하다고 말했던가
누가 금강산을 꼭 한번 보고자 했다던가

이사벨라 비숍의 찬사에도
아돌프 구스타프의 감탄에도
소동파의 소원에도 이유는 있었다

돌기둥 위에 앉은 독수리
돌기둥 위에 선 멧돼지
돌기둥 위에 엎드린 북극곰
돌기둥 위에 붙어있는 두꺼비

얼음처럼 차가운 초겨울의 금강산
동해의 칼바람이 귀를 에는 듯

개골산은 그냥 거기 서서 울 뿐
민족의 설움에 봄소식마저 아득하네

붉은 글씨 바위에 새겨진 글자
보는 사람마다 얼굴 찌푸리고
멍든 가슴에 차가운 날씨
태양은 언제쯤 다시 떠오르랴

2004. 11. 30.

산 (28)

– 금강산 구룡폭포

개성의 박연폭포와
설악산의 대승폭포와
금강산의 구룡폭포를
대한의 삼대폭포라 하네

상팔담 돌아내린 물이
백척간두 뛰어내려
구룡폭포 이루었네

맑은 물줄기 시원스레 꽂혀
삼대폭포 중 으뜸이라네
최 치원도 시를 지었던 곳
아홉 용이 날아간 듯
물안개는 무지개 빛

얼굴조차 비치는 맑은 물 위에
단풍잎 하나 떠가는데
남쪽 길손 발길을 못 떼네

2004. 11. 30.

산 (29)

– 금강산 삼일포

이곳 삼일포三日浦가 아름다워
신라 화랑인 영랑永郞도
삼일씩이나 묵어갔다지만
이제 보니 호수에는
청둥오리 한 마리도 날아오지 않고
구름조차 머무르지 못하는 곳이 되었네

호수 가운데 와우도臥牛島엔
누웠다던 소도 없고
신선이 살았다던 사선정四仙亭에도
신선은 보이지 않네

오직 장군대 우뚝 서서
삼일포를 감시하는 듯
관동팔경은 생기마저 잃어버렸네

언제 통일이 되어
전설 속의 삼일포를
봄날 꽃소식처럼
활짝 핀 얼굴로 찾아갈 수 있으리오

2004. 11. 30.

산 (30)

– 황산黃山에 올라

조선에는 금강산이 있고
중국에는 황산이 있네
봉봉마다 기암절벽
병풍바위 둘러쳐 있네

정인계곡情人溪谷의 맑은 물
수정인가 비취런가
마음 속 바닥까지 파란 물 고여 있네
하늘이 내려와 물 속에 박혔네

바위와 소나무 그리고 운무
바위는 외로운 소나무 한 그루를 받쳐 들고
운무는 산허리를 끌어 안았네
우뚝 버티고 선 바위 아래는 절벽이네

바위와 소나무 사이 구름이 감아도니
황산은 동양화 그대로인데
살아서 가본 하늘나라
이보다 더 아름답다던가

그림을 그린 듯 아름답고
귀신의 조각 작품 빼어 닮았구나
산 속을 거닐다 보면
세상은 보이지 않고 선경만 눈에 들어오네

2005. 2. 3.

산 (31)

― 아소산阿蘇山의 분화구

멀리서 바라본 아소산은 까마득한데
굽이굽이 돌아 오르다보니
정상 가까이
주차장에 섰네

산은 높은데 나무가 없어
아래로 내려다보이는 마을
가지런히 고즈넉하고
근심 없는 구름 한가롭구나

활화산 분화구에서 피어오르는 구름
목화솜처럼 하얀 모습
한 아름 안고 싶어라

가까이에서 분화구를 내려다보니

누런 쇳물 펄펄 끓는 저 깊은 곳
지옥처럼 뜨거운 불구덩이
유황냄새 화산재에 생지옥 같네

2005. 2. 14.

제5부

영역시

金俊會 譯 外

묘비명墓碑銘

금잔디 덮힌 무덤
바람 따라 세월 따라
철철이 바뀌어 피는
산유화야 할미꽃
주검도
서럽다는데
묘비조차 없을까

이름 없는 무덤들
주인은 간 곳 몰라
천 년의 풍우에
반쯤 헐어 누웠는데
묘비명
금이 간 돌에
이끼만이 덮혔네

이 몸도 죽은 뒤에
양지 밭에 묻혔으면
심심산골 물소리에
새소리나 들었으면
하기야
그도 저도 다
뜬 구름에 조각 달

An Epitaph

The tomb covered with the golden lawn,
Spotted with some kinds of flowers each season
Had no epitaph despite the sorrow of death.

The other small tombs whose masters have already gone
Lay flat, half destroyed by the wind and rain for long,
Had only a cracked monument with dry moss.

Would that I should be buried in the sunny hill,
Listening to the murmuring streams deep in the
mountain
And the songs of birds.
But all of them would be nothing in the end.

할미꽃 필 때

봄에 피는 진달래
진달래 동산
붉은 꽃잎 지는 때
뻐꾸기 울고,

어른 동생 무덤가
할미꽃 필 때
세월에 바랜 설움
비가 내리네.

오늘도 하늘은
높푸르른데
이승에서 저승까진
멀기도 하지.

고향 길은 무겁고
답답하여라.
불러도 불러봐도
말이 없구나.

When Pasqueflowers are in Bloom

In spring

Azaleas are in full bloom

And make a hill of their kind.

At a cuckoo's song the red flowers

Fall to the ground.

When pasqueflowers come out

Behind my little brother's tomb

Rain falls with sorrow-mitigated with time.

How far it is

From this world to the other

While the sky is

High and blue today also.

The way to my hometown is

Choky to walk on and

No answer it gives at my repeated callings.

물 (1)

– 사랑

나무는 나무를 끌고
돌은 돌을 끌고
물은 물끼리 끄는 인력引力으로
별은 별을 끌어당긴다.

물에서 사랑을 빼면
우주는 빈 껍질
물은 더해도 하나 빼도 하나다.

1975. 2. 20.

Water (1)

— Love

By the power

By which trees pull their kind,

And water does the same,

Stars draw stars.

If water is bereaved of love,

Universe would be empty.

But water is only one,

Whether added or subtracted.

물 (2)

– 맹물

물은 달지 않아 좋다.
물은 맵거나 시지 않아 좋다.
물가에 한 백 년 살면
나도 맹물이 될 수 있을까.

1975. 2. 20.

Water (2)

— Tasteless Water

Water suits my fancy

'Cause 'tis not sweet,

'Cause 'tis not hot or sour.

Could I be tasteless water,

Live I by it one hundred years or so?

물 (3)

— 허락

흔들면 흔들리고
닿으면 스며들어
내 몸을 그릇 모양대로 허락하는
삶도 죽음도 아닌 공간에 선다.

1975. 2. 20.

Water (3)

— Permission

When swung water trembles.
When touched it sinks.
Permitting its body as it is
It stands in the space
Of neither life nor death.

물 (4)

– 승천昇天

물은 지구의 낮은 쪽으로만 흐르면서
제 몸을 뜨겁게 데워
몸부림으로 끓다가
마침내 머리를 풀고 승천昇天한다.

나의 고향은 하늘
하이얀 몸짓으로
구천九天 어느 깊은 소리 좇아
머언 데 끝끝을 간다.

1975. 2. 20.

Water (4)

— Ascension

Only trying to find its level

Heating its own body

Writhing in heat

Water ascends with hair disheveling.

My home is in heaven, saying

With a white gesture, it goes

To the farthest end following the deep voice

Ringing somewhere in the underworld.

물 (5)

– 귀

물이 말을 하니
내가 듣고
내가 말을 하니
물이 듣는다.

물은 귀가 없이도
몸으로 듣고
나는 귀가 없이도
눈으로 듣는다.

물은 말이 넘쳐
몸으로 말하고
나는 시가 넘쳐
몸으로 시를 쓴다.

1981. 11. 20.

Water (5)

— Ear

When water whispers

I am its listener.

When I sing

It becomes my listener.

Though no ears it has

It hears through its body.

Though no ears I have

I hear with my eyes.

With words water is overflowing,

So it talks through its body;

With poems I am overflowing,

So I write them through my body.

물 (6)

– 용납

내가 물 속에 들어갔더니
물에 잠겨 버렸네.
내가 물을 마셨더니
물은 내 몸 속에 퍼졌네.

내가 물이 되었을 때
물이 나를 용납하듯
물이 또한 나 되었을 때
나도 물을 용납하였네.

1981. 11. 20.

Water (6)

— Toleration

I walked into water

To find myself submerged

I drank water

To find myself absorbed into it.

As when I became one with water,

Water tolerated me,

So when water became one with me,

I also toleraed it.

물 (7)

– 투명

물이 맑아서 바닥이 보인다.
마음도 맑아서 바닥이 보인다.
물 속의 침전
세월
또 세월
물이 저를 놓아 버릴 때
수심 깊은 곳에서
거울 같은 마음을 만난다.

물이 저를 놓아 버리듯
나도 마음을 놓아 버린다.
물 속에 비친 얼굴
마음 속도 물처럼 투명하다.

1980. 11. 25.

Water (7)

– Transparency

As the bottom is to be seen

'Cause water is clear,

So the bottom of his heart is visible

'Cause mind is pure.

The precipitation into water, the times,

And the age: when all these are released from water

They find a mind of tranquility in the deep water.

As water releases them, I do set free the greed

Of all kinds. The face reflected in water

Gives back the clear mind like water.

달나라 여행

여기는 우주로 가는 중간지점
시간은 낮 열두 시에서 멈추었고
몸무게가 스르르 빠져나가면서
우리는 지구에서 싣고 온 말씀을 잃어버렸습니다.

벗이여
잠시 바쁜 일손을 멈추고
기도를 드립시다.

벗이여
슬픔을 거두소서
창 밖에는 황홀한 지구가 보입니다.

벗이여
싸움을 그치고

우주 저편에서 들려오는 소리에 귀를 기울입시다.

여기는 등대도 빛도 무게도 없어
빈 손엔 다만 빈 손이 닿을 뿐.

돌아오는 길목에서 나는,
빈 손에 어둠 한 상자만을 가지고 와서는
대지에 씨앗을 뿌릴 것입니다.

1969. 7. 21.

A Journey to the Moon

This is the mid-point toward the universe

And time has stopped dead at the point of twelve.

Feeling weight softly passing away,

We've found ourselves having lost the word carried from

the earth.

Friends,

Let's stop working for a while

And pray.

Friends,

Let's turn away our sorrow.

We can see the enrapturing earth below outside the

window.

Friends,

Let's stop fighting

And listen to the voice from yonder universe.

As here is no lighthouse, no light, and no gravity,

A vacant hand can meet only vacant hand.

On my way home in my vacant hand

I will carry a box of darkness,

Which I will sow with new seeds.

Trans. by You, Young-Mi

나팔꽃

담장을 기어오르는 나팔꽃
안타까운 공중곡예 끝에
간신히 담벼락을 부여잡고
나팔꽃은 담을 기어올라
하아얀 낮달을 올려다 본다

아, 어찌 할거나
하늘은 까마득히 높은데
내 인생도 허공에 매달려
갈 곳을 모르겠네
절벽 끝에 서서
몸부림치는 실존이여

A Morning Glory

The morning glory that climbs walls

After distressing air stunts,

It grabs the wall, goes the wall

And looks up at the white day-moon.

Oh! What can I do?

Though the sky is high, far off,

My life is also hung on empty air

And doesn't know where to go.

At the edge of the precipice

Oh! My struggling existence.

Trans. by Kim, Yong-Jae

새벽

나팔을 불며 진주하듯
새벽이 걸어오고 있다

산등성이 너머로 새벽이 걸어오고 있다
잠을 깨우러 새벽은 나를 향해 걸어온다

옷을 훌훌 벗어 던진 裸木
정상은 어디 있는가
강풍에 맞서서 버티고 있는 古木

에베레스트 정상의 雪原
하늘은 어디 있는가
소리쳐 펄럭이는 알피니스트의 깃발

동면에서 잠을 깬 개구리처럼

굼벵이에서 허물벗은 매미처럼
두꺼운 외투를 벗어버린 나

새벽이 걸어오고 있다
산둥성이 너머로 새벽이 걸어오고 있다
잠을 깨우러 새벽은 나를 향해 걸어온다

DAWN

Just as it advances, blowing a bugle,
Dawn is coming on foot.

Over the mountain ridges it is coming on foot.
It comes on foot to awake me.

A bare tree slipped off all its clothes.
Where is the summit of the mountain?
An old tree stands against a strong wind.

It is a snowfield on the top of Mt. Everest.
Where is the sky?
An alpinist's banner flutters, yelling out.

Like a frog having awaken from hibernation,

Like a cicada having cast off its skin from a worm,

I myself took off an heavy overcoat.

Dawn is coming on foot.

Over the mountain ridges it is walking down.

It comes on foot to awake me.

Trans. by Shin, Hee-Jae

코스모스 핀 가을

길이 뚝 끊어진 곳에
코스모스 한 송이
피어 있습니다.

가던 길 멈추어 선 채
코스모스 향기에 취한
시인이 있습니다

더욱 가까워 보이는
호수에는
지금 막 내려앉은
하늘이 거꾸로 박혀 있습니다

호수 속에는
호수 위에 뜬 달처럼

적막한 가을 산이
하늘을 받쳐들고
거꾸로 서 있습니다

아련히 멀어져간 들녘
영원을 묶어 맨 말뚝에는
소 한 마리 매어 있습니다

COSMOS AUTUMN

At an unexpectedly deadlocked road,

A cosmos

Is in bloom.

While standing on his way,

A poet is

In the rapture of cosmos scent.

At a lake

Looking far nearer,

The sky, falling down shortly,

Is stuck upside-down.

Like the moon in the sky

Reflected on the lake,

A lonesome autumn mountain

Holds up the sky,

And stands upside-down in the lake.

In the plains disappearing vaguely,

A single cow is tied to a stake,

Binding the eternity.

Trans. by Shin, Hee-Jae

포스트모더니즘에서 스피릿츄얼리즘으로

신용협(시인, 충남대 명예교수)

1. 들어가는 말

휴움T. E. Hulme, 1883~1917은 「근대예술과 그 철학」, 「낭만주의와 고전주의」, 「베르그송의 예술론」, 「내포적 다양성의 철학」 등 네 편의 논문을 남기고 떠난 영국의 철학자다. 최재서의 『네오 · 클래시시즘』에 의하면 그는 이미지스트파의 한 시인이며 1908과 1912년 사이에 시인구락부(The Poet's Club)를 창설하여 에즈라 · 파운드Ezra Pound, 1885~1972, 올딩톤R. Aldington 등과 함께 이미지즘 운동을 전개하다가 세계 제1차 대전에 참전하여 얻은 부상으로 세상을 떠난 금세기초 영국의 탁월한 문학 · 예술의 이론가요, 비평가이며 철학자이자 시인이다. 그의 사후인 1924년 그가 남긴 네 편의 논문을 묶어 허버트 리드Herbert Read는 『사

색록』(Speculation-Essays on Humanism and Philosophy
of Art)을 출간하였고 토마스 어네스트 흄의 주장은 그의
후계자 에즈라·파운드와 T. S. 엘리어트T. S. Eliot, 1888~19
65에 이르러 20세기 모더니즘으로 결실이 맺어졌다. 휴움
은 낭만주의는 물러가고 다시 새로운 고전주의 시대가 도래
할 것을 그의 논문「낭만주의와 고전주의」에서 예언하였
다. 그 예언은 에즈라·파운드의 이미지즘과 엘리어트의 주
지주의로 이루어진 셈이다.

  20세기 전반은 문학비평의 시대라 해도 틀린 말이 아닐
것이다. 그 중심에는 에즈라·파운드, T. S. 엘리어트 그리
고 I. A. 리차즈I. A. Richards, 1893~, 엠프슨William Empson,
1906~ 등과 그들의 영향 아래 이루어진 뉴크리티시즘New
Criticism의 비평가들, 예컨대 랜섬, 테이트, 워렌, 브룩스 등
이 있다. 20세기에 시학이 발달한 배경에는 언어학자 로만
야콥슨과 소슈르의 영향이 지대할 뿐만 아니라 구조주의
인류학의 창시자 클로드 레비스트로스(1909~2008)를 비롯
하여 르네 웰렉과 오스틴 워렌, 그리고 러시아의 형식주의
자인 무카로프스키의 시학, 빅또르 쉬끌로프스끼, 보리스
에이헨바움, 미하일 바흐찐 등의 영향이 크다. 엘리어트는
통합된 감수성, 객관적 상관물의 이론, 개성 배제의 시론을,
I. A. 리차즈는 아이러니Irony 이론과 포괄의 시를, 엠프슨은

앰비귀티ambiguity, 애매성의 7유형를, 브룩스와 워렌은 패러독스paradox를, 랜섬은 텍스처texture, 造成論를, 앨런 테이트는 텐션tension, 緊張 이론을, 쉬끌로프스끼는 낯설게 하기를, 거기다가 초현실주의자들은 자동기술법을, 웰렉과 워렌은 그들의 저서『문학의 이론』에서 <詩는 인공물(artifact)>이라고 강조하고 <문학의 학문적 연구에 있어 자연적이며 현명한 출발점은 문학작품 그 자체의 해석과 분석이다>라고 주장하며 그 형식 즉 구조를 중요하게 다루었다. 현대 문학비평의 발전상은 현란하다, 프로이트의 무의식과 정신분석학, 노드롭 프라이의 비평의 해부, 자크 라캉의 욕망 이론, 바흐찐의 대화론, 소쉬르의 기표와 기의, 가스통 바슐라르의 몽상의 시학, 움베르토 에코의 기호학 이론, 롤랑 바르트의 기호 이론, 훗설의 현상학, 데리다의 해체주의, 이 모든 지식의 산맥 속에서 현대비평은 마치 히말라야 산속에서 헤매는 격이다.

　20세기 후반에 오면 포스트모더니즘이 등장한다. 포스트모더니즘의 창시자 보르헤스는 남미 아르헨티나의 시인 소설가 평론가로 불교에 해박한 지식을 가지고 있으며 그의 저서『보르헤스의 불교강의』(호르헤 루이스 보르헤스와 알렉시아 후라도 공저, 김홍근 번역, 여시아문)에 실린 글 「불교와 포스트모더니즘」 에 의하면 <사성제와 근대적 자아의

문제>, <상호 텍스트성과 다원주의>, <색즉시공과 환상문학> 등을 싣고 있다. 그는 『불한당들의 세계사』, 『픽션들』, 『알렙』, 『칼잡니들의 이야기』, 『세익스피어의 기억』 등이 보르헤스 전집으로 민음사에서 출간했다. 또한 노벨문학상을 수상한 마르께스의 『백년 동안의 고독』은 포스트모더니즘의 소설로 알려졌다. 포스트모더니즘은 그 철학적 배경이 불교 교리이니만큼 아주 건강한데 우리나라에서는 황지우, 장정일 등 상호 텍스트성 즉 모방이 지나치고 성적묘사가 부도덕하여 환멸의 문학으로 전락하였다(나병철의 논문 「우리 문학과 포스트모더니즘」 참조). 여기에 나는 정신주의를 내세워 <시정신>을 평가의 중심에 두고 싶다.

2. 나의 시 나의 시론

나는 시를 쓰면서 대학에서 문학개론 또는 시론, 소설론, 희곡론, 수필론 등을 가르쳤다. 시창작도 자신이 없고 문학이론을 가르치는 일도 자신이 없다. 내가 시를 쓰기 시작한 때는 1971년 초봄 이생진 시인과 함께 시 동인인 분수동인 그룹의 일원이 되고부터다. 겨우 걸음마를 할 무렵 4년간 분수동인지에 습작으로 발표했던 졸작들을 가지고 은사이신 정한모 교수님께 부끄러움을 무릅쓰고 가져갔더니 시집을 내라고 격려하시면서 서문까지 써주서서 1974년 현대문학사에서 첫 시집 『辨明』을 냈다.

> 때때로 몸이 무거워/ 도마뱀이 제 꼬리를 잘라내듯/ 나도 내 몸 자르고/ 이름 두 자로 산다// 다섯 잠 후 고치를 틀면/ 여섯 줄로 끝나는 누에의 생리/ 옷 벗으면 우리는 단 두 줄/ 몸 가리울 고치를 지을 뿐// 갑자기 하늘이 커 보이면/ 나는 시간 뒤에 서서/ 별들을 헤아린다/ 내 이름자 묻을 하늘 밑에서
>
> ―「변명」 전문

제목 변명은 플라톤이 지은 책 『소크라테스의 변명』의 변명에서 따온 낱말이다. 漢字 변자를 辯이 아니고 辨으로 쓴 것이 그런 이유이다. 앞글자의 변명은 거짓으로 꾸미는 것이라면 뒤의 辨明은 정의롭게 칼로 자르듯이 진리를 밝히는 행위이다. 신용협이라는 이름을 칼로 잘라내고 두 글자인 신협이라는 이름의 시인으로 다시 태어나겠다는 결의이다. 명예욕을 버리고 이제 다시 시인으로 태어난다면 나는 누에가 죽은 뒤에는 비단 실을 뽑아낼 누에고치를 짓듯 나도 앞으로는 일생동안 죽음의 집을 짓겠다. 누에는 이력서에 여섯 줄이지만 나는 단 두 줄 즉 태어난 사실과 죽은 사

실만이 남을 것이다. 이렇듯 욕심 없이 살았는데도 하늘이 나를 벌한다면 나는 저 역사의 한쪽에 서서 별들을 헤아리다가 별이 총총한 하늘가에 이름을 묻고자 한다. 그래서 나는 등단마저 내심 거부하였다가 은사님의 권유로 1977년 박목월 시인의 추천을 받았다. 1980년부터 시론을 가르치면서 나의 시에 대하여 불만이 생기고 과연 나의 시론은 무엇인가 하고 회의를 하게 되었다. 어떤 시가 좋은 시이고 어떤 시가 나쁜 시인가. 그 잣대는 무엇인가를 곰곰이 생각해 보았다. 한국의 현대시에서 좋은 시라면 어떤 시이며 그 시는 왜 좋은 시인가. 가령 김소월의 「진달래꽃」이나 「산유화」, 한용운의 「님의 침묵」이나 「알 수 없어요」는 왜 좋은 시인가. 김영랑의 「모란이 피기까지는」, 유치환의 「깃발」, 노천명의 「사슴」, 이육사의 「절정」, 윤동주의 「서시」, 천상병의 「귀천」 같은 시는 왜 인구에 회자하는가. 그리고 이상 李箱의 시는 왜 꾸준히 연구하고 젊은이들이 모방하는가. 이러한 의구심에 해답을 찾아보았다. 훌륭한 문학작품에는 개성과 보편성과 영원성이 있어야 한다는 것, 그리고 내용과 형식이 일치해야 한다는 것이다. 한용운의 '님'은 한용운 개인의 '님'이면서 우리 민족의 '님'인 동시에 인류의 '님'이기도 한 영원한 '님'이다. 유치환의 「깃발」이나 노천명의 「사슴」은 유치환이나 노천명 개인의 '운명'이면서 동시에 인류의 보편적인 '운명'이다.

비평에는 역사주의 비평과 형식주의 비평이 있는데 이 두 가지 비평방법은 상호 보완되어야 한다고 나는 생각한다. 내용과 형식이 동전의 양면이라면 역사주의와 형식주의는 인간의 정신과 육체다. 따라서 양면의 조화로운 평가가 올바른 평가라고 말하고 싶다. 그런데 오늘날 비평은 19세기 셍트·뵈브와 테느의 역사주의를 외면한 채 형식주의 비평으로만 치닫고 있다. 역사주의 비평에서는 시인이 문제요 형식주의 비평에서는 언어표현의 예술성이 문제다. 결국 나의 시론으로 주장하는 정신주의는 치열한 시정신이 있어야 좋은 시라고 하는 시론이다. 서구의 난삽한 형식의 시론이 끝나는 곳에서 동양의 시론이 시작되기를 바란다. 이제 서양의 시론을 접고 동양의 시론을 정립하자. 서양 시론의 대표적 평론가 엘리어트는 시작품과 시인을 떼어놓은데 반해 나의 시론은 시와 인간을 일치시킨다는 점에서 19세기 테느의 역사주의 비평을 다시 부활시켜 역사주의 비평과 형식주의 비평을 통합하자는 관점이다. 더 나아가서 문학의 기능도 형식주의에 치우쳐 쾌락적 기능만으로 보려는 태도를 지양하고 교훈적 기능까지 아우르자는 입장이다. 뿐만 아니라 수입된 포스트모더니즘의 편향된 문학관과 타락한 성性 문화, 경박한 태도를 지양하고 스피릿츄얼리즘으로 전향하기를 주장한다. 그런 의미에서 1985년에 출간한 신협 제3시집『물가에 앉아서』(문학예술사)의 머리글을 옮긴다.

시의 말은 쉬우나 시속에 담긴 내용의 경지가 높은 시를 <쉽고도 어려운 시>라고 명명해 본다. 시인이 시를 쓰는 행위는 어떤 면에서는 求道的 姿勢에 비교될 수 있다고 하겠다. 匠人이 藝術品을 창조하는 행위와 求道의 행위는 같은 자세로 보여진다. 오랜 세월, 많은 시행착오를 거쳐서 정성을 다하여 완성된 한 송이의 꽃, 그것이 예술품일진대 예술 창작의 어려움은 가히 産苦에 비교될 만하다.

그러나 오랜 집념 끝에 비로소 얻은 절정의 꽃은 그러므로 만인에게 웃음과 기쁨을 주는 꽃이 된다. 시인은 자기가 쓴 시가 모든 사람에게 기쁨이 되기를 원하고 감동을 안겨 주기를 원한다. 그렇게 되기 위해서는 전달이 되어야 하겠다. 그러므로 우리는 쉬운 시를 희망한다. 쉬운 시 그러면서도 감동을 주는 시를 우리는 바란다.

좋은 시란 시정신이 풍부한 시라고 생각한다. 시정신이 빈약하면서 수식만 많은 시는 공허한 느낌이 든다. 언어의 유희에 떨어지기 쉽다. 언어의 유희에 떨어지지 않기 위해서는 수식에 어울리는 내용, 즉 시정신이 필요한 것이다.

나는 이번 시집에서 수식을 제거하는 작업을 시도해 보았다. 이것을 나는 <맹물詩論>이라 불러본다. 수식은 원

래 꾸미어 나타내는 분장술과 통한다. 분장술은 진실을
가리우기 쉽다. 진실이 가리워지지 않도록 있는 그대로 표
현하는 것이 <맹물詩論>이다. <표현은 쉽게 내용은 높
게>하는 데서 <쉽고도 어려운 시>에 도달할 수 있기 때
문이다.

　그 예로 윤동주의 「서시」를 들고 싶다. 여기서는 졸시「맹
물」(위 시집에서) 전문을 실어 보겠다.

　　물은 달지 않아 좋다
　　물은 맵거나 시지 않아 좋다
　　물가에 한 백 년 살면
　　나도 맹물이 될 수 있을까

― 「맹물」

　나는 오늘 발표제목을 「포스트모더니즘에서 스피릿츄
얼리즘으로」라고 했다. 우선 문예사조의 변천에 관한 나의
생각은 유행이나 계절의 변화처럼 주기적으로 바뀌어 왔
다고 본다. 서구문화나 사상의 저변에는 그리스문명을 대
변하는 헬레니즘Hellenism과 로마문명을 대변하는 헤브라이
즘Hebraism이 깔려있다. 전자는 인본주의요 후자는 신본주
의다. 문예사조는 이 양대 산맥을 근간으로 하면서 계절처

럼 변천해 왔다. ① 고전주의(형식)에서 낭만주의(자유)로, ② 낭만주의(동경·공상)에서 사실주의(현실), 자연주의(과학)로, ③ 사실주의(지상) 자연주의(이성)에서 상징주의(천상·신성)로, ④ 상징주의(영성)에서 모더니즘(지성)으로, ⑤ 모더니즘(객관)에서 포스트모더니즘(주관)으로, ⑥ 포스트모더니즘(해체, 종말)에서 그 다음은 어떤 문예사조가 오겠는가? 어떤 문예사조가 와야 하겠는가를 나에게 묻는다면 포스트모더니즘의 반동으로 나는 정신주의(spiritualism)(질서, 구원)가 올 것이라고 예단한다. 분석주의에 병적으로 함몰된 서양을 치유하기 위해서는 동양적 정신주의가 와야 한다고 믿는다. 한국의 포스트모더니즘 역시 경박하고 부도덕하고 무잡하기 때문에 그 반동으로 정신주의가 올 것이라고 예측하고 또 오기를 고대하는 것이다. 나의 시론이 정신주의 시학이요, 정신주의 시학이 곧 시정신이다. 시정신에서 파생한 시론이 맹물시론이요, 맹물시론이 나의 시론이다. 맹물시론은 동양사상인 유불선 사상에 뿌리를 둔 시론이다.

3. 시정신의 개념

시정신이라는 용어가 우리나라에서 언제 처음 쓰이기 시

작하였는지 확실치 않으나 서양에서 시라는 뜻으로 쓰이는 poetry(英), poésie(佛), Poesie(獨) 등의 말이 이 땅에 들어온 이후에 쓰이기 시작한 것이라 짐작되다. 우리말의 시에 해당하는 영어는 poetry이며 이 단어가 서양에서 들어올 때 우리는 시라는 말로만 썼지 시정신이라는 말로는 쓰지 않았다. 그러다가 어느 때부터인가 시정신이라는 말이 쓰이기 시작했다. 서양에서는 시정신에 해당하는 말은 따로 없으며 우리가 말하는 시정신에 가장 가까운 말은 바로 poetry(英) 또는 poésie(佛) 뿐이다.

신선규愼善揆는 『현대시론』(1958) 제2편 제1장 시적 정신에서 포에지를 다음과 같이 설명하고 있다.

<포에지>(poésie)는 하나의 기운입니다. 우리의 혼을 압도시키고 우리의 정신을 전도시키는 세력입니다. 그리하여 <에너지>(Energy)라고도 할 것이요 <에스프리>(Esprit)라고도 할 수 있을 것입니다.

그리고 이 힘은 작자(시인)가 우리의 정신 내지 혼에게 들려주는 작자의 <목소리>이기도 합니다. 이 <목소리>는 우리의 귀만이 아니라 우리의 귀, 눈, 코, 피부의 오관을 통해서 들립니다. 그리하여 우리의 마음속 깊이 스며들어 와서 우리의 심금을 울리고야 마는 것입니다. ─중략─ 여하간에 우리의 심금을 울리는 시의 <목소리>, 이

것이 바로 <에스프리> 혹은 <포에지>로서 시의 혼인 것
입니다.

그런데 이러한 <포에지>는 비단 시에만 국한된 것이
아닙니다. 모든 문예의 정신이기도 한 것입니다. 이 <포
에지> 없이는 어떠한 예술도 그의 존재가치를 지닐 수
가 없습니다. <포에지>는 곧 예술 일반의 혼이기 때문입
니다.

인용문이 길어진 것은 시정신에 대한 충분한 설명을 이
글에서 찾아 읽기 위함이었다. 우리는 이 설명을 통하여 시
적 정신이 불어의 <포에지>poésie라는 것을 알 수 있다. 간
단히 말하면 포에지는 <시의 혼>이라는 것이다. 또 <에너
지>인 동시에 <목소리>요, <에스프리>라는 것이다.

신선규의 『현대시론』보다 30여 년 전에 발표한 김소월
의 시론 「시혼」(1925)이라는 논문에서 우리는 시정신에 관
한 진지한 논의를 찾아볼 수 있다. 김소월은 「시혼」에서 시
정신이라는 말로는 쓰지 않았지만 그가 말한 시혼이라는
말은 시정신이라는 말과 비슷한 개념으로 쓰였다. 자세한
것은 소월론에서 다루기로 하고 여기서는 간단히 살펴보
려 한다.

시혼 역시 본체는 영혼이기 때문에 그들보다도 오히

려 그는 영원의 존재며 불변의 성형일 것은 물론입니다.

　그러면 시 작품의 우열 또는 이동(異同)에 따라 같은 한 사람의 시혼일지라도 혹은 변환한 것 같이 보일런지도 모르지만 그것은 결코 그렇지 못할 것이 적어도 같은 사람의 시혼 자신이 변하는 것은 아닙니다. ―중략― 시작에는 역시 시혼 자신의 변환으로 말미암아 시작에 이동이 생기며 우열이 나타나는 것이 아닙니다. 그 시대며 그 사회와 또는 당시 정경의 여하에 의하여 작자의 심령상에 무시로 나타나는 음영의 현상이 변환되는데 지나지 못하는 것입니다.

인용문에서 보면 김소월이 말하는 시혼은 시인의 영혼을 말하며 김소월은 영혼의 영원불멸설을 주장하고 있다. 또 김소월은 시작의 이동이나 우열은 시혼 때문에 생기는 것이 아니라 음영의 변환에 의해서 나타나는 것이라고 말한다. 그러나 안서는 시작의 우열이 시혼의 심천 때문이라고 주장하였다. 이 점에서 안서와 의견을 달리한다.

다음으로 조지훈은 『시의 원리』(1953)에서 시정신을 다음과 같이 말하고 있다.

시의 소재로서 자연은 어디까지 소재일 뿐 그대로는 아직 시라 할 수 없는 것이다. 나는 이를 <넓은 의미의 시> 다시 말하면 <시정신>이라 부르고 이 소재가 시인의 개성 있는 가슴과 손을 통하여 창조되어 이루어진 것을 <참 뜻의 시>라고 부른다. ─중략─ 시를 쓰면 벌써 시가 아니라는 말에 나타난 <시>의 본의는 시정신 곧 막연한 시의 소재라는 것임을 알아야 한다. 시정신을 음률로 표현한 것이 음악이요, 색채나 선으로 표현하는 것이 회화라면 그것을 언어로 표현하는 것이 시이다. ─중략─ 시정신이란 시로서 표현된 생명적 진실이기 때문이다. ─중략─ <애>와 <모>가 나뉘어지지 않는 <사랑> 이것이 바로 시정신이다. <에로스>이다.

조지훈은 시정신을 <자연> 또는 <막연한 시의 소재>, <시로써 표현될 생명적 진실>, <사랑>, <에로스> 등으로 파악하고 있음을 볼 수 있다. ─중략─ 이는 문학정신이라는 말과 다름이 없기 때문이다.

서정주는 『시문학원론』(1969) 「제9장 한국 시정신의 전통」의 첫머리에서

한국 시정신의 전통을 오늘날 우리로서는 양대별해서 봄이 당연하다고 생각한다. 그 하나는 상대로부터 이조 말기에 이르는 말하자면 재래적 시정신의 전통이요, 다른 하나는 갑오경장 후 서양 문예조류의 이입 후에 이루어진, 말하자면 서양류의 시정신의 전통이 그것이다.

라고 하여 재래적 시정신과 서양류의 시정신으로 나누고 다시 이를 각각 나누었다. 재래적 시정신 중 신라시대의 시정신은 도교적 불교적 정신, 영생주의 자연주의라 했고 고려와 이조의 시정신은 유교정신, 유교의 휴머니즘으로 분류하고 갑오경장 이후 서양류의 시정신은 낭만주의적 주정주의와 주지주의적 시정신으로 각각 분류하였다.

정한모는 『현대시론』(1973)에서 「시의 본질」을 설명하면서 시정신이라는 용어를 다음과 같이 사용하고 있다.

> poem이란 제작되어 낭독되는 대상인 시라는 문학형식이며 poetry란 그러한 형식을 갖추기까지의 어떠한 심정의 상태, 즉 시의 내용이 될 수 있는 것으로서 시정신이라든지 시적 정감 같은 것을 말한다.

여기서 정한모의 설명으로 보면 시정신은 poetry(poésie)에 해당되며 <심정의 상태 즉 시의 내용>이요, <시적 정감> 같은 것이다.

윤재근은 『한국시문학비평』에서 「시와 정신」이라는 제목 아래 시정신의 두 가지 방향, 즉 그 하나는 어떤 종족의 시문학사에 면면히 흐르는 시의 집단정신과 다른 하나는 시인이란 개인의 심리작용으로서의 시정신 등이 있으나 그중 후자의 시정신을 다루겠다고 밝히고 다음과 같이 말했다.

① 그러므로 이 글에서 시정신은 시인의 내면작용, 즉 시의식을 뜻하게 되고, 그 작용의 현상이 어떤 것인가를 고찰하려는 데 이 글의 주안점이 주어질 것이다.

② 시정신은 그 내용에서 출발한다. 그러나 시정신은 무수한 체험을 의식하는 것만으로 끝나지 않는다. 인간은 누구나 체험을 의식하며 산다. 그렇다고 모든 인간이 시정신을 간직하는 것은 아니다. 그것은 시인만이 갖는 내면작용이기 때문이다.

③ 시정신은 현자가 사색에 잠겨 있는 내면상태처럼 정한 것이 아니라 매우 동적인 상태인 것이다. 시정신은 진실한 삶을 발견하려는 욕망이며 욕망은 언제나 갈등으로 나타난다.

④ 시정신은 갈등만으로 끝나는 것은 아니다. 그 갈등을 극복하려는 의지가 언제나 시정신의 바탕을 이루어 준다.

⑤ 시정신은 생의 외경에서 발원된다. 생의 외경은 진실한 삶에의 기구인 것이다.

⑥ 시정신이 철저한 시인의 시는 난해하지 않게 된다. 시상을 충분히 소화시킨 시정신의 내적 갈등을 극복한 다음 시 표현을 행위하기 때문이다. 그러면 시는 난해성이 아니라 모호성을 간직하게 된다.

⑦ 시정신은 역사와 문화의 의식을 떠나서는 생각할 수 없다. 한 종족은 역사나 문화라는 동질적인 내면의 연대성을 운명적으로 지니고 있다. 시정신은 그 연대성에 의식이 뿌리를 박고 작용을 한다.

⑧ 시정신의 사명은 진정한 휴머니즘의 구현에 있게 된다. 그것을 떠난 시정신은 하나의 공론이며 시를 여기의 사장문학으로 보려는 감정의 유희로 끝날 뿐이다. 시정신이 진실한 삶의 본질 가치를 체험으로 인식해야 한다는 것은 시대가 요구하는 시인의 사명인 것이다.

인용된 글 ①에서 시정신은 시인의 내면작용, 즉 시의식을 뜻한다고 하였다. ②에서는 시정신이 시의 내용이며, 시인만이 갖는 내면작용임을 밝혔다. ③에서는 시정신이 동적인 상태이며 진실한 삶을 발견하라는 욕망이므로 갈등으로 나타난다고 했다. ④에서는 갈등의 극복을 말하고, ⑤에서는 생의 외경, 즉 진실한 삶에의 기구를 말하였다. ⑥에서는 시정신이 철저한 시는 난해하지 않다고 말하고, ⑦에서는 역사의식과 시정신을, ⑧에서는 시정신의 사명이 휴머니즘의 구현에 있음을 말했다.

윤재근은 시정신에 관해서 깊이 있게 천착하였다. 시정신의 정의만을 다룬 논문으로는 첫 번째의 글일 것이다. 그러므로 이 글은 조지훈의 『시의 원리』 이후 시정신에 관해서 깊이 있게 논의된 글이다.

　이상에서 논의된 시정신의 개념에 대해 비판을 통한 새로운 개념정립이 이루어져야 한다. 앞에서 말한 바와 같이 시정신은 시작품이 이루어지기 이전의 시적 감동 상태를 의미한다. 그러나 이러한 것만으로는 시정신의 정의가 불충분하다. 시정신은 완성된 시작품에서도 논의되어야 하기 때문이다.

　첫째로, 시정신은 시의 내용이 아니라는 점이다. 시를 내용과 형식으로 양분할 경우에는 시정신은 내용 쪽에 속한다고 말하는 것이 옳겠으나 내용 그 자체는 아니다. 시의 내용은 예술적 형식을 통해서만 한 작품으로 완성되고, 한 작품 속에 시정신이 있기 때문이다. 시정신은 내용과 형식을 떼어놓은 상태에서는 말할 수 없다. 따라서 시정신은 내용이라고만 말할 수는 없는 것이다.

　둘째로, 시정신은 시의 주제가 아니다. 시인이 느낀 감동 상태이거나 독자가 작품을 읽고 느끼는 시적 감동 상태가 시정신이다. 시의 주제는 시작품마다 다르지만 시정신은 한 시인의 모든 작품에 흐르는 하나의 정신이다. 시의 주제는 시정신의 부분이요, 시정신은 주제의 총화 속에서 말해질 수 있다.

　셋째로, 시정신은 시의 사상이 아니다. 철학이나 종교나 사상은 시인이 아니라도 얼마든지 구할 수 있지만 시정신은 시인에게 작품을 통해서 나타나는 것이다. 시작품에는 사상이나 종교나 철학이 없어도 시가 될 수 있지만 시정신이 없이는 좋은 시가 될 수 없다. 그런 의미에서 시정신은 시를 시답게 만드는 시의 본질이라 할 수 있다. 사상이나 종교나 철학은 인간을 위대하게 만들 수 있지만 그것이 있다고 해서 반드시 시가 위대해 지지는 않는다. 사상이나 종교나 철학도 문학작품으로 형상화될 때 비로소 가치가 있는 것이다.

넷째로, 시정신은 살아있는 정신이요 깨어있는 의식이다. 따라서 불꽃처럼 타오르는 정신이요, 칼날처럼 날카로운 비판정신인 동시에 모든 것을 포용하는 사랑의 정신이다. 그러므로 시정신은 감성과 지성에서 찾을 수 있다. 또 현실의식이나 역사의식도 비판정신이 있다는 점에서 시정신과 같다고 할 수 있다.

다섯째로, 시정신은 진실성 위에서만 나타날 수 있는 미적 감동상태인 것이다. 여기서 말한 진실성이란 작가의 양심을 의미한다. 시인 또는 작자는 비판정신을 가지고 인생을 보고 해석하고 표현하는 사람이다. 시인은 역사의식을 가지고 현실을 비판하고 미래를 예언한다. 진실성이란 목숨과 바꿀 수 있는 태도요, 진지하고 솔직한 심정이다. 이육

사나 윤동주의 시는 그들의 시정신에 있어서 진실성의 한 전형을 보여주고 있다.

여섯째로, 시정신은 불멸하는 시인의 혼이다. 여기서 시인이라고 한 것은 문인 전체를 가리키는 말로 쓰고 싶다. 왜냐하면 시정신 속에 작가정신, 문학정신 등을 포함하기 때문이다. 시인이나 작가는 두 생애를 산다고 할 수 있다. 하나의 생애는 일상적인 인간으로서의 삶이다. 다른 하나는 문학작품을 통한 삶이다. 전자의 삶은 짧고 무상하고 허무한 삶일지라도 후자의 삶은 불멸의 삶이다. 불후의 작품을 남긴 시인이나 작가는 비록 자신은 죽었으나 그가 남긴 작품과 함께 불멸하는 삶을 영위한다. 바로 불후의 명작이 말해주는 작가의 혼을 우리는 시정신이라 해야 할 것이다. 호머의 시정신은 일리아드나 오딧세이에 남아있고, 단테의 시정신은 신곡에 남아있고, 괴테의 시정신은 파우스트에 남아있고, 셰익스피어의 시정신은 그의 작품들이 말해준다. 그러므로 시정신은 불후의 가치를 가진 작가의 혼이며, 생명을 대신할 수 있는 시인의 혼이다. 위대한 작품일수록 치열한 시정신과 불멸의 시정신이 있어 불후의 가치를 지니는 것이다.

일곱째로, 시정신은 체험에서 얻어진 현실의식이나 역사의식을 바탕으로 한다고 할 수 있다. 시정신은 체험 자체는 아니지만 진실한 체험에서 나오는 것만은 사실이다. 시정신은 체험을 바탕으로 하기 때문에 진실성에 근거를 둔다. 작자의 인생관이나 사상은 지식을 뛰어 넘어선다. 인생관이나 사상은 실천력을 가지고 있기 때문이다. 생명을 대신하는 실천력, 그것이 바로 시정신이다. 시정신은 시인의 인생이나 역사에 관한 해석이요, 삶의 자세라 할 수 있다. 그러므로 시정신은 비판정신, 깨어있는 정신이 되는 것이다. 시정신은 개인적으로는 시인의 혼이요, 국가나 민족으로는 국가정신 또는 민족혼이요, 시대적으로는 시대정신이라고 말할 수 있다.

현대시에서 역사의식과 현실의식의 중요성을 역설한 정한모의 주장은 시정신을 옹호한 글이라 할 수 있다.

또한 현실의 방관자적 자세로서 정감적 영탄과 향수만을 일삼는 시도 있을 수 있다. 그러나 날로 휴머니티를 잃어만 가는 현실에 대하여 정신의 비등적 교섭이 보다 더 요청되는 것이 현대의 시다. 참된 시인은 과거를 꿰뚫는 탁월한 역사의식과 아울러 현실을 날카롭게 비판하고 증언하는 준열한 현실의식 그리고 미래를 참되게 예언하는 진실한 인간성 그 최후의 옹호자이기 때문이다.

여덟째로, 시정신은 생명 있는 정신이다. 생명이 없는 곳엔 시정신이 없다. 시정신이 없는 시와 시정신이 있는 시는 가화와 생화와의 관계로 비유할 수 있다. 시정신이 없는 시는 거짓된 시라고 할 수 있다. 참다운 시에는 피가 흐르고 혼이 있고 뜨거운 체온이 있어야 한다. 다시 말하면 생명이 있어야 한다. 이 생명적인 것을 시정신이라 할 수 있다. 시정신은 시인의 전 생애를 통하여 일관된 정신이며 생명을 대신할 수 있는 시인의 정신이다. 그러므로 시정신은 시인의 혼이요, 깨어 있는 의식이요, 인생이나 현실이나 역사에 대한 비판정신이다(위의『시정신의 개념』은 필자의『현대한국시연구』, 국학자료원, 1994, 13~22쪽 인용).

4. 마무리

문예사조의 변천은 주기적 반복을 특징으로 한다. 크게 보면 고전주의와 낭만주의의 반복이요, 내용면에서는 헬레니즘과 헤브라이즘, 주지적 특성과 주정적 특성, 이성과 감정의 반복인 셈이다. 휴움이 20세기 벽두에서 낭만주의 시대는 물러가고 고전주의 시대가 도래한다고 예언했던 것처럼 필자도 21세기 벽두에 서서 낭만주의 시대는 물러가고 또다시 고전주의 시대가 도래할 것이라고 말하는 것이다. 휴움이 말한 낭만주의는 실제는 상징주의요, 고전주의는 실제는 모더니즘이듯이, 필자가 말한 낭만주의도 실은 포스트모더니즘이요, 고전주의는 실제로는 정신주의라고 명명해 보는 것이다(이 논문은 2011년 시의 날 발표한 논문임).

신협 시인의 연보年譜

(2013년 3월 작성)

본명은 신용협慎鏞協, 아호는 석계石溪.

1938년 10월 10일(음력 8월 17일) 충남 연기군 전동면 석
곡리 115번지에서 아버지 신기범慎箕範과 어머니
구자인具慈仁 사이에서 칠남매 중 차남으로 출생
했음. 할아버지는 한학자로 서당훈장이며 백부는
말을 타고 감농할 정도의 중농이고 아버지는 배
재고보를 졸업하고 광화문 우체국에 근무하다가
광화문인쇄소로 전직하여 근무하던 중 1950년
6·25전란으로 낙향.

1945년 전동초등학교 입학. 같은 해 8월 15일. 해방을
맞음.

1951년 전동초등학교 졸업. 조치원중학교 입학. 중학교
3학년 시절『성공으로 가는 길』을 읽고 그 책의
내용 중 링컨, 록펠러, 카네기, 루즈벨트, 등의 전

기에서 소년 시절의 가난과 점원생활에 감명을
받음.

1954년 조치원중학교를 졸업했으나 가정 형편이 어려워
진학의 꿈을 접고 친구의 도움으로 상경하여 청
계천 3가에 있는 대한약품공사에서 일 년간 점원
을 하다가 귀향하여 농사일 틈틈이 나무장사 갈
퀴공장 홀태공장에서 막노동을 했음.

1956년 대전고등학교 입학. 독서에 빠져들어 세계적 명
저를 탐독하던 중 성인들과 위인들의 삶을 흠모
하고 사색과 수도를 생활에 끌어들여 연습하기
도 하고, ≪사상계≫를 탐독, 당시 세계를 풍미하
던 실존주의 사상에 몰입하기도 하고, 톨스토이,
도스토예프스키, 헤밍웨이, 괴테, 보카치오, 셰익
스피어, 사르트르, 카뮈, 사강, 룻소, 헷세, 이광
수, 김동인, 이효석, 김내성, 정비석 등의 소설을
접하면서 문학에 뜻을 두고 장편소설 『타락자』
를 구상하고 쓰다가 끝을 내지 못하고 중도에 포
기하였음.

1959년 대전고등학교 졸업. 농사일을 하면서 공무원 시
험 준비를 하나 공무원 시험(3급)에 실패.

1961년 서울대학교 문리과대학 국어국문학과 입학. 4년

간 대여장학금 혜택으로 졸업하였음. 학창시절에
   는 생활의 여유가 없어 아르바이트 자취 생활 등
   으로 문학을 못 했음.

1965년 동 졸업. 원주 대성고등학교 국어교사로 부임.

1966년 덕성여고 교사로 전근.

1967년 진명여고 교사로 전근. 이때부터 시詩 창작에 관
   심을 기울임.

1969년 7월 21일 아폴로 11호로 우주인 암스트롱, 올드
   린, 콜린즈 3인이 달에 최초로 착륙하는 모습을
   보고 쓴 시「달나라 여행」이 첫 작품이 되었음.
   그리고 그해 12월 황성자黃誠子와 결혼.

1971년 보성고등학교로 전근하여 이생진, 윤강로, 신용
   대, 이봉신, 김준회와 시동인을 결성하여 동인지
   《분수噴水》를 발간하기 시작하여 17집을 발간
   하였음. 동인지에 발표한 시작품은「변명辨明」,
   「물(1~4)」,「하늘」,「촛불의 의미」,「낙엽으로
   돌아와서」,「유천동」,「단재 신채호 선생」,「어머
   니」,「버스를 타고」외 여러 편이 있음. 장남 윤
   재允宰 출생.

1973년 차남 우재于宰 출생. 분수동인 제5집 《분수-시
   와의 대화》 간행.

1974년 제1시집『변명辨明』(현대문학사) 발간(정한모 서
문).

1975년 부친 별세. 분수동인 시집『다섯 사람의 분수』
간행.

1976년 고려대학교 교육대학원(국어교육 전공)입학.

1977년 박목월, 정한모 추천으로 ≪심상心象≫ 8월호에
시작품「나의 집」,「단풍나무」,「밤」을 발표하여
문단 데뷔. 분수동인지 7집.

1978년 고려대학교 교육대학원 졸업. 원용문, 신용대, 이
원좌와 함께 수필동인을 결성하고 동인 이름은
조운수필朝雲隨筆동인으로 정하고 현재 21집까지
냈음. 4인 수필집『목마른 사람들』(관동출판사,
서울, 1979) 동인으로 오인환, 신길우, 윤영소, 이
윤희, 박상문, 전형대, 고진수, 김준회, 이종상, 서
종남 등이 더 참여하였음.

1979년 제2시집『낙엽으로 돌아와서』(심상신서) 상재. 고
려대학교 대학원 박사과정 입학.

1980년 덕성여자대학 국어국문학과 전임강사로 부임. 분
수동인지 제8집.

1981년 충남대학교 국어국문학과 전임강사로 부임.

1982년 분수동인지 제9집 ≪혜화동분수≫ 간행.

1983년 분수동인지 제10집 ≪분수≫ 간행.

1984년 일본, 대만, 홍콩, 연수 여행 『조운수필』(제2집) 간행. 분수동인지 제11집 ≪겨울 분수≫ 간행.

1985년 제3시집 『물가에 앉아서』(문학예술 현대시인선 38) 상재. 분수동인지 제12집 ≪시인의 분수≫ 간행.

1986년 분수동인지 제13집 ≪시가 있는 분수≫ 간행.

1987년 『이 길로 돌아서』(조운수필 제3집) 간행.

1988년 미국 연수 여행.

1989년 고려대학교 대학원 수료 논문 「현대 한국시의 시 정신 연구」로 문학박사 학위 취득. 『조운수필』 (제4집) 간행. 모친별세. 분수동인지 제14집 ≪목 마른 분수≫ 간행.

1990년 『좁은 길을 넓게 걷는다』(조운수필 제5집) 간행. 분수동인지 제15집 ≪숨쉬는 분수≫ 간행.

1992년 7월 1일 장남 윤재 교통사고로 사망. 중국 연수 여행. 조운수필 제6집 간행. 조운수필 제7집 『머 물다 간 시간들』 간행. 분수동인지 제16집 ≪분 수≫ 간행.

1993년 제4시집 『어린 양에게』(대교출판사) 상재. 조운 수필 제8집 『낯선 시간들』 간행. 분수동인지 제

17집 ≪분수≫ 간행.

1994년 중국조선족작가협회 연변지부 초청(≪천지≫ 200호 기념) 한국 시인협회의 일원으로 세미나에 참가함. 조운수필 제9집『등화가친의 계절』간행.

1995년 11월 28일 상처. 조운수필 제10집『아침 구름 햇살에 빛나고』간행.

1996년 조운수필 제11집『시간의 여울목』간행.

1997년 10월 1일 제9회 대전광역시문화상(문학부문) 수상. 조운수필 제12집『아침이 오는 소리』간행.

1998년 2월. 한국문인협회 대전광역시지회 회장 피선. 2월. 제5회 후광문학상 본상 수상(우리문학사). 7월 대전시 서구 둔산3동 국화아파트 306동 1001호로 이사. 8월 1일~6일. 중국 남경시 문인단체 초청 세미나 참석. 10월. 편저『한국 현대시 대표작품 연구』(국학자료원) 상재. 10월 제5시집『다시 사랑을 위하여』(새미) 상재. 12월. 조운수필 제13집『노을이 아름다운 이유』간행.

1999년 12월. 조운수필 제14집『사색의 길목에 서서』간행. 8월 19일~26일 캐나다 여행(밴쿠버. 캠룹스, 밴프, 캔모아, 자스퍼, 빅토리아).

2000년 4월 24일. 대전시 서구 둔산 3동 1809(10/8) 국화

아파트 105동 107호로 이사함. 11월 동경 지구시
地球詩 세계 시인대회 참가. 6월 <좋은시낭송회>
가담하다가 제28집(2002.4)부터 동인활동을 하고
있음. 충청 심상 시인회 사화집 ≪단순한 강물≫
간행(2001).

2001년 3월. 조운수필 제15집『겨울에 피는 꽃』간행. 11
월. 한국시문학회회장으로 피선. 7월 9일~13일
중국 산동성 여행. 진단시동인 가입 후 복간호
『어머니 그리워』(2002.2.2)에 참여함(한광구, 정
대구, 윤인경, 유승우, 신현봉, 신규호, 박만진, 김
종희, 김규화와 동인이 됨). 테마는 <어머니>임.

2002년 3월. 조운수필 제16집『꽃바위 길을 따라서』간
행. 7월. 태국 방콕에서 열린 제17회 세계 시인대
회(UPLI)에 참가하여 시「달나라 여행」을 낭송
함. 11월 26일. 한국시문학회 주최 제11회 전국
학술발표대회를 충남대에서 개최함. 12월. 신협
제6시집『단순한 강물』상재. 7월 7일~17일. 유
럽여행(독일, 오스트리아, 이탈리아, 스위스, 프
랑스, 영국).

2003년 1월 10일~13일 필립핀 여행(마닐라, 팍상한, 따
가이따이). 3월 진단시 제24집『황소의 울음』간

행. 테마는 <황소>임. 3월 조운수필 제17집『봄
언덕의 아지랑이』간행. 8월 8일~20일 한국문
인협회 제13회 한국문학 해외 심포지엄에 발표
자로 참가하여 우즈베키스탄의 타쉬겐트, 사마
르칸트, 스웨덴의 스톡홀름, 핀란드의 헬싱키, 러
시아의 모스크바, 상트페테르부르크, 등을 여행
함. 10월 이순안李順安과 재혼함.

2004년 2월 12일~18일 베트남과 캄보디아 여행. 2월 28
일 정년퇴임(대한민국 홍조근정훈장). 5월 조운
수필 제18집『한 걸음 물러서서』간행. 6월 20
일~28일 한국문인협회 제14회 해외심포지엄에
발표자로 참가하여 캐나다를 여행함. 8월 1일~
6일 한국 러시아학회 주관 러시아 여행(블라디
보스톡 경유 이르쿠츠쿠, 바이칼). 진단시 제25집
『누가 용꿈을 꾸는가』간행. 테마는 <용>. 11
월 13일~15일 금강산 여행(육로로 고성, 통일전
망대, 온정리 구룡폭포, 삼일포, 만물상, 온정각).

2005년 2월 1일~5일 중국 황산 여행(황산, 항주, 상해).
2월 13일~15일 윤동주 60주기 추모제 참가 일
본 후쿠오카 형무소 방문(이소산 구마모도 벳부
온천). 6월 11일~20일 한국 문인협회 제15회 해

외문학 심포지엄 참가(호주 시드니, 뉴질랜드 남
북섬) 여행. 7월 조운수필 제19집『산나물 들나
물』간행. 8월 5일~18일 터키, 그리스, 이집트 여
행(이스탄불, 갑바도키아 파묵깔레, 에페소, 트로
이, 아테네, 델포이, 메테오라 고린도, 카이로, 룩
소, 멤피스, 사카라). 12월 11일~15일 세계평화
초 종교 초 국가연합 일본 연수 여행(동경).
2006년 2월 16일~20일 동남아 여행(싱가포르, 말레이시
아, 인도네시아). 6월 13일~22일 한국문인협회
제16회 해외 한국문학 심포지엄 미국 LA,대회 참
가(LA, 멕시코시티, 칸쿤, 마야문명, 쿠바의 아바
나, 헤밍웨이 기념관 등 여행). 8월 21일~26일
중국여행(계림, 장가계, 원가계, 서안). 11월 24
일~28일 한국문인협회 <한일 시인교류 및 시와
음악의 만남> 행사에서 시「달나라 여행」을 낭송
하고 도쿄－북해도 일주 여행함. 진단시동인 제
27집『청계천이 흐른다』간행. 테마는 <청계천>.
2007년 1월 23일~2월 2일 인도 문화 탐방단 참가(뭄바
이, 바라나시, 카쥬라호, 아그라, 자이푸르, 델리
등지 여행). 2월 25일~3월 2일 미안마 여행(양
곤, 바간, 헤호). 6월 27일~7월 2일 중국 산동지

역 학술 문화 탐방(추설, 곡부, 태산, 임기). 7월 조운수필 제20집『아침 구름 빛나고』간행. 8월 5일~15일 동유럽 문화여행단 참가(체코, 폴란드, 슬로바키아, 헝가리, 크로아티아, 슬로베니아, 오스트리아). 8월 23일~24일 대마도 학술 역사 탐방단 참가. 진단시 동인시집 제28집『한옥, 바람꽃 피다』간행. 테마는 <한옥>.

2008년 1월 19일~2월 4일 세계문학기행단(중남미 일정) 참가 여행(미국 LA, 멕시코, 쿠바, 칠레, 아르헨티나, 브라질, 페루의 잉카문명). 6월 4일 충남대학교 명예교수회 개성관광 행사 참가 1일 여행. 6월 30일~7월 27일 중국연변과학기술대학 강의(백두산, 용정). 12월 5일~7일 정지용 문학 국제 세미나 참가(오사카, 교토). 진단시 동인시집 제29집『막 거르기』간행. 테마는 <막걸리>.

2009년 3월 충남대학교 명예교수회 회장 피임. 5월 조운수필 제21집『느림보의 미소』간행. 진단시 동인시집 제30집『가야금이 우르릉 우륵의 소리』간행. 테마는 <가야금>. 좋은시공연문학회 참여(2001년부터).

2010년 3월 2일 사단법인 한국현대시인협회 부이사장 피선. 문학아카데미 금요 포럼 참여.

2011년 5월 27일~6월1일 중국 대련외국어대학교 한국
　　문화원 초청 학술발표 대회에 서울대학교 졸업
　　동기들과 함께 참가한 후 여순감옥에서 옥사한
　　안중근, 신채호 등 애국지사의 마지막 모습을 보
　　고나서 고구려 유적지 집안(광개토대왕비, 고구
　　려벽화, 국내성, 환도성) 등지를 찾아 동북공정의
　　허상을 보았음. 연말에는 진단시 동인시집 제32
　　집『둥둥 항아리둥』을 간행. 테마는 <항아리>.
　　9월 7일부터 1개월간 서대문형무소 야외전시장
　　에서 제1회 겨레사랑 시화전 및 낭송회 참여. 작
　　품명 :「단재 신채호 선생」. 11월 1일 시의날 행사
　　에서 주제 발표(남산 문학의 집).

2013년 1월 31일 진단시 동인시집 제33집『검은 미소』
　　를 간행. 테마는 <온돌>과 <태안반도>. 8월 제
　　7시집『독도의 꿈』상재 예정.

새미마당 17

독도의 꿈

| 초판 1쇄 인쇄일 | 2013년 9월 2일 |
| 초판 1쇄 발행일 | 2013년 9월 3일 |

지은이	신 협
펴낸이	정진이
편집이사	박지연
책임편집	이가람
편집/디자인	이하나 정유진 신수빈 윤지영
마케팅	정찬용 권준기
영업관리	심소영 김소연 차용원 전소희
인쇄처	월드문화사
펴낸곳	새미

등록일 2005 03 14 제25100-2009-8호
서울시 강동구 성내동 447-11 현영빌딩 2층
Tel 442-4623 Fax 442-4625
www.kookhak.co.kr
kookhak2001@hanmail.net

| ISBN | 978-89-5628-627-3 *04800 |
| 가격 | 15,000원 |

* 저자와의 협의하에 인지는 생략합니다.
새미는 국학자료원의 자회사입니다.
잘못된 책은 구입하신 곳에서 교환하여 드립니다.